몸 연꽃 피우기

Body lotus bloom

몸 연꽃 피우기

1판 1쇄 발행 | **2023년 6월 5일**

지은이 | **김영애**
발행인 | **이선우**
펴낸곳 | **도서출판 선우미디어**
등록 | 1997. 8. 7 제305-2014-000020
02643 서울시 동대문구 장한로12길 40, 101동 203호
☎ 2272-3351, 3352 팩스: 2272-5540
sunwoome@hanmail.net

값 15,000원

ISBN 978-89-5658-733-2 03810

몸 연꽃 피우기

Body lotus bloom

김영애 에세이

Essays by Young Ae Kim

선우미디어 sunwoomedia

| 머리말 |

조용히 바라본다. 세월 속에 숙성되어 주황빛 보름달로 차오른 홍시감을. 겉과 안을 진한 주황빛 열정으로 채워 뜨거운 여름 볕의 갈증과 몸을 파고드는 추위를 인내하며 이뤄낸 달콤한 가슴살로, 삶을 달달하게 만든 홍시가 아니던가.

언젠부터인가 그것의 끈적한 속살 같은 끈기와 가지에서 살아남으려는 질긴 도전은 거친 세월을 인내와 기다림으로 뿌리 내렸을 듯싶다.

수많은 난관에 부딪치면서도 치열하게 자신의 알맹이를 지켜내고, 거짓 없는 정직함으로 자기를 숙성시킨 홍시의 삶. 이제 나지막이 정(靜)을 이룬 그것에는, 겸손한 침묵 속에 완숙으로의 당당함이 빛을 발한다.

나의 글은 홍시만큼이나 숙성되었을까.

완벽으로의 나의 수필 세계를 위하여, 또 한 번 보이지 않는 창작의 세계로 발돋움해야 하리라.

청잣빛 하늘에 꽉 찬 달이, 설익은 홍시를 보름달로 숙성시키듯, 나의 수필도 힘든 삶의 질통을 감미롭게 승화시키고 세월 속에 무르익어 언젠가 세상을 밝히는 주황빛 보름달로 태어나기를, 그래서 상처 난 영혼을 달달한 행복으로 메워주는 글이 되기를 꿈꾸어 본다.

2023년에

김영애

차례

사 닥 다 리 2

몸이 하는 말

명상에서는 얻은 자유

II 흔들리면서 피는 꽃

흔들린다.
비단인 듯 부드러운 진분홍 꽃 무리가 바람결에 화려하게 흔들린다.
플라멩코 새들의 호화로운 군무같이,
푸른 바람 속에서 진분홍 꽃잎들이 흔들리자,
분홍 새들이 날갯짓을 하듯 눈앞은 화사함으로 가득 찬다.
얇고 긴 다리의 칼란드리니아 선인장들이다.
하지만 가는 줄기는,
가분수처럼 얹힌 꽃들을 거센 바람 속에 지켜내는 것조차 힘겨워 보인다.
때를 가리지 않고 언덕 밑에서부터 솟아올라
선인장의 온몸을 무섭게 흔들어대다 자취 없이 떠나버리는 바람.
바람이 거세면 거세질수록 칼란드리니아 선인장은
매번 전신을 구십 도 각도로 낮게 낮추어
절을 하며 바람을 맞는다.
-본문 중에서

포인세티아

산뜻한 봄이다. 뒷마당의 빨간 포인세티아가 눈 부신 햇빛 아래 여왕처럼 반짝인다. 그 모습을 보니 그것도 기존 형식을 깨는 포스트모더니즘 추세를 따르려는지 제철인 겨울이 한참 지난 봄인데도 한창이다.

포인세티아는 새침한 여인 같다. 곧게 뻗은 몸매에 립스틱이라도 바른 듯 빨간 꽃잎이 매혹적이다. 화려한 빛으로 허밍버드를 유혹하려는 것일까. 안개처럼 퍼진 침묵 속에 붉디붉은 꽃잎이 도발적이기까지 하다.

자세히 보니 포인세티아는 꽃잎 변두리를 과감히 잘라 모난 각으로 끝을 마무리했다. 모난 돌이 정 맞는다고 했지만, 나름대로의 개성으로 그것 또한 독특한 한 삶의 얼굴 같다. 깎고 깎이어 둥글지 않으면 어떠한가. 둥근 돌은 구르나 모난 돌은 박힌다 하여, 원만한 사람은 재물을 못 지켜도 모나고 아무진 사람은 재물을 지킨다

하지 않았던가. 아마도 포인세티아는 자기의 삶조차 그 끝을 단순하고 솔직한 직선으로 마무리하여, 세상에서 쓰임새 있게 남으려 자신의 일부를 모나게 잘라냈는지도 모른다.

어찌 보면 포인세티아의 잎들은 하이힐 끝같이 뾰족하다. 아마도 꽃은 자신을 돋보이게 하려고 잎끝을 오므려 하이힐을 신은 것처럼 한 것은 아닐까. 그리 보니 그것은 빼뚤빼뚤 걸어간 빨간 발자국 흔적을 가지마다 매달아 놓았다. 영혼을 꼿꼿이 세우고 흐트러지지 않아야 또박또박 걷게 되는 굽 높은 구두. 진 땅 마른 땅을 가려 하이힐을 신은 듯 포인세티아가 조심스레 내딛는 삶의 걸음걸이는 인생을 안전히 지켜줄 듯도 싶다.

우리가 꽃잎으로 알고 있는 포인세티아의 붉은 부분은 사실 꽃잎이 아니라 포엽이다. 포엽은 꽃을 보호하는 보호 잎이다. 실제의 꽃은 포엽 가운데에 있는 작은 돌기들이다. 돌기에는 암술, 수술을 품은 실제의 꽃이 초라하게 자리 잡고 있다. 포엽은 어미가 자식을 감싸듯 돌기 전부를 보듬어 안았다. 그리고 작고 초라한 꽃을 위해 자신의 몸을 발갛게 물들였다. 꽃의 꽃가루받이를 위해 벌새를 강한 빛으로 유혹하기 위해서다. 자식을 향한 어미의 본능같이, 진품 꽃의 빈약함을 가슴으로 품어준 따뜻한 모성이다. 그리 보면 포인세티아 가슴에는 이브의 원초적 모성이 소복이 담긴 것 같다.

하지만 포인세티아는 이율배반적이기도 하다. 까칠하게 찬 겨울에 꽃을 피우면서도 따뜻한 해를 좋아한다. 변덕스런 여인의 마음같이 따뜻함을 사랑하지만 차가움을 즐긴다. 그것은 정반대의 것에 매료되는 난해한 여인의 마음을 닮았다.

포인세티아는 핏빛이다. 밖으로 드러난 얼굴이 핏빛인 것으로 보아 몸 안에는 붉은 정맥과 동맥 그리고 가는 모세혈관 같은 것들이 있는 게 분명하다. 그 속으로 붉은 피가 돌고 그 혈맥들 안에는 뜨거운 열정과 차가운 이성이 용해된 채 순환되고 있을 것 같다. 그러고 보면 열정의 포인세티아는 붉은 혈액 속의 찬 이성과 더운 정열들의 뜨거운 몸싸움 끝에 만들어졌는지도 모른다. 아니면 피같이 진실하고 강렬한 삶이기에, 그 색깔조차 진한 핏빛이 되었을 듯도 싶다. 그래서인가, 포인세티아는 꽃말조차 '제 마음은 불타오르고 있어요.' 혹은 '살아 있음이 행복' 또는 '축복'이라고 기록되어 있다.

포인세티아의 빨간 포엽은 자궁 모양처럼 길쭉하다. 따뜻한 계절 새순 부위의 줄기를 잘라 땅에 꽂으면 뿌리를 내리는 이유는 온 줄기가 자궁이기 때문이리라. 여인을 닮은 포인세티아에는 자신의 유전인자를 전달해 줄 자궁이 숨 쉬고 있나 보다. 역사는 생명이 탄생되는 자궁에서 시작되지 않았는가. 생각해 보면 포인세티아는 캘린더의 마지막 달에 피어 한 해의 끝을 장식

하기도 하고, 새롭게 탄생되는 새 생명으로 인해 처음을 시사하기도 한다. 그러기에 포인세티아에는 시작과 마지막이 함께 공존한다.

자세히 들여다보면 포인세티아의 붉은 포엽들은 닭의 볏을 닮았다. 그래서일까 포인세티아 옆에 서면 붉은 볏의 닭들이 자신의 속내를 소리 내어 호소하는 것 같다. 숨겨진 약자들의 안타까운 사연이 담긴 닭의 울부짖음. 그것은 억울한 '미투의 고발'을 연상케 만든다. '갑'의 횡포에 힘없이 당하는 '을'의 성폭력과 성추행 같은 사연은 아닐까. 그래서인가, 포인세티아 곁에 있으면 혼탁한 세상을 고발하는 닭들의 울음소리가 마구 쏟아져 나오는 듯싶다. 새날이 올 것을 미리 알려주는 닭의 울음소리, 역사는 새벽닭의 울음소리로 시작되지 않았던가. 붉은 볏의 닭들이 바른말로 크게 소리 내면 세상은 새롭게 열리게 되는 것일까.

이브의 영혼이 살아 꿈틀대는 포인세티아는, 빨간 매니큐어와 현란한 립스틱 그리고 뾰족구두로 세상을 유혹한다. 하지만 그 안에는 생명이 탄생되는 자궁과 따뜻한 모성이 숨 쉬고 있다. 한없이 연약하지만 꺾을 수 없는 부드러움으로, 세상의 거친 바람 속을 당당하게 걸어가는 이브 포인세티아의 매력에 오늘 아침 흠뻑 빠진다.

흔들리면서 피는 꽃

흔들린다. 비단인 듯 부드러운 진분홍 꽃 무리가 바람결에 화려하게 흔들린다. 플라멩코 새들의 호화로운 군무같이, 푸른 바람 속에서 진분홍 꽃잎들이 흔들리자, 분홍 새들이 날갯짓하듯 눈앞은 화사함으로 가득 찬다.

얇고 긴 다리의 칼란드리니아 선인장들이다. 하지만 가는 줄기는, 가분수처럼 얹힌 꽃들을 거센 바람 속에 지켜내는 것조차 힘겨워 보인다. 때를 가리지 않고 언덕 밑에서부터 솟아올라 선인장의 온몸을 무섭게 흔들어대다 자취 없이 떠나버리는 바람. 바람이 거세면 거세질수록 칼란드리니아 선인장은 매번 전신을 구십 도 각도로 낮게 낮추어 절을 하며 바람을 맞는다.

세찬 바람은 쉬지 않고 온종일 계속되었다. 아마도 세상에 살아남는 것만이 생존경쟁에서 버려지지 않는다는 것을 선인장은 오래전에 터득했기 때문이리라. 생각해 보면, 칼란드리니아 선인장을 괴롭히는 주변의 거친 환경은 선인장을 약하게 만들기보다는 오히려 무장시키고 내공을 다지게 하여 그것이 더 질기고 강한 뿌리를 내리게 하는 기폭제 역할을 하지 않았을까 싶다.

박제되어 붙박이지 않은 채, 바람과 함께 살아 흔들리는 진분홍 꽃들. 흔들린다는 것은 필시 생명과 에너지가 흐르고 있음이다. 지구가 흔들리며 돌고 있는 것도, 바다의 파도가 쉬지 않고 쳐대는 것도 모두가 살아서 생동하고 있기 때문이 아닐까. 어찌 보면 흔들린다는 것은 버티는 것이고, 꺾이지 않고 살아남으려는 굳은 의지인지도 모른다.

헤아려보면 영혼이 흔들린다는 것에는 무한한 가능성이 내포되어 있는 것 같다. 혼이 흔들린다는 것은 생각이 정지되어 있지 않은 채 가능성을 가지고 움직일 수 있음을 의미한다. 그것에는 긍정과 부정이 모두 숨 쉬고 있기 때문이다.

바람과 한통속으로 움직이는 언덕 위의 선인장 칼란드리니아 꽃들의 물결을 바라본다. 카탈리나섬의 바람받이에 속하는 언덕을 향해 해풍은 쉼 없이 불어오고, 꽃은 누웠다가 일어나기를 끊임없이 반복한다. 바람은 일정하게 부는 법을 몰라, 수만 갈래의 방향으로 와서는 선인장꽃을 뿌리째 흔들고 할리우드 산으로 달려간다. 그런 바람에도 선인장꽃은 꺾이는 일 없이 유연하게 허리를 굽혔다 폈다 할 뿐이다. 게다가 사막 기운으로 타오르는 붉은 해와 흡족하지 못한 물과 빈곤하기만 한 양식이 만든 열악한 환경은 칼란드리니아 선인장의 목을 심하게 조여왔을지도 모른다. 하지만 나쁜 조건들은 오히려 선인장의 뿌리를 더 단단하게 하고 삶의 의지를 더욱 깊이 다지게 할 뿐이었다.

어찌 보면 우리의 삶은 칼란드리니아 선인장꽃을 닮았을 것도 같다. 코로나바이러스 19 감염병의 거센 바람을 맞으며 우리는 얼마나 혼란스러웠던가. 선인장꽃을 향해 수만 갈래의 방향에서 몰려오는 바람같이, 출처 없이 확대되는 코로나바이러스는 세상을 뿌리째 흔들어 놓았다. 그런 거센 바람의 흔들림 속에서도, 세상 사람들은 얼마나 힘들게 살아남기 위해 가슴을 조였을까. 상점은 문을 닫고 사람들은 각자의 집에서 외롭게 격리되었다. 공공장소에서는 언제나 마스크를 쓰고 서로 간의 거리를 육 피트 간격으로 유지하며 인위적으로 고독한 삶을 만들었다. 하지만 이 괴질은 우리 삶을 약화하기는커녕, 칼란드리니아 뿌리처럼 살아있는 영혼을 강하게 흔들어 깨워, 삶을 무장시키고 내공을 탄탄하게 하여 더불어 사는 세상을 더 강건하게 만들었다.

문득, 끊어진 바람 사이에 다소곳이 고개 숙인 진분홍빛 칼란드리니아 선인장꽃에서 우리의 삶을 읽는다. 코로나바이러스는 세상 사람들이 일상에서 누리는 평범한 하루에 고마움을 느끼게 했고, 이웃을 좀 더 가까이에서 사랑하게 했으며, 세상은 삶을 누리는 모든 이가 함께 걸어가는 하나의 공동체임을 깨닫게 했다.

도종환 시인은 그의 시를 통해 흔들리지 않고 피는 꽃이 없다며 흔들림 자체를 아름다움으로 예찬했다. 시인은 또 흔들리지 않고 피는 꽃이 없듯 젖지 않고 가는 삶도 없다고 하며, 바람과 비에 젖으면서도 꽃잎이 따뜻하게 피어나듯 우리의 삶도 그러하다고 위로해 주었다.

이제 칼란드리니아 선인장은, 언덕 위에 부는 거센 바람과 시야를 가로막는 짙은 안개와 가을 속 소란스러워지는 귀뚜라미 소리의 주변 모두를 온몸으로 품으며, 초연하고도 달관한 삶을 지어가는 듯싶다. 자신에게 주어진 빈곤한 물과 적은 양식에 만족하며, 어느 날 진분홍빛 꽃으로 삶을 승화시킨 칼란드리니아 선인장꽃. 바람에 휘둘리며 피는 꽃을 닮은 우리네 삶도 그렇게 흔들리며 피는 꽃이기에 아름다운 것이 아닐까.

몸 연꽃 피우기

요가를 시작했다. 잠자던 근육들이 깨어나 반란을 일으키는지 온몸이 삐꺽거리며 저려온다. 야생 동물의 몸짓으로 이어졌던 요가, 뜨거운 양철 지붕 위를 뒤척이는 고양이가 되었나 하면, 가파른 바위 위에서 발톱을 세운 염소도 되었다가, 새장에 갇힌 새처럼 힘겨운 날갯짓을 하며 게으른 근육들을 흔들어 깨웠다.

수시로 변하는 동작들은 꼿꼿한 직선의 근육들을 접어 곡선으로 만드는가 하면, 곡선 위에 또 다른 곡선을 얹으며 3D의 삼차원 세계를 창조해 나갔다.

근육을 종잇장처럼 펼치고 접으며 만드는 요가에는 긴장과 이완, 거침과 섬세함, 파격과 일상, 동(動)과 정(靜)이 꿈틀대는 것 같다.

진한 카레를 닮은 요가. 둘이 다 고향이 인도라는 것과 몇 가지 공통점이 있다. 짙은 향료의 합성체인 카레와 각종 야채를 섞어 만든 카레라이스가 혀의 미각을 콕 쏘아준다면, 요가도 온몸에 퍼진 근육들을 자극하면서 뼈와 혈을 당기고 누르며 예민한 신경들을 콕 콕 찔러준다. 또 요가 근육에 힘을 집중하다 보면 뜨거운 전류가 혈관을 타고 돌아 덥고 땀이 나듯이, 카레라이스 역시 맛에 탐닉하다 보면 온몸이 덥혀지며 여기저기서 땀이 솟는다. 재미난 것은 둘 다 영혼을 정화시키는 시원한 청량감으로 마침표를 찍는다는 것이다.

열대의 끓어오르는 기운을 품어 자극적이고 진한 카레와 요가. 카레의 향신료가 인생의 맛과 향을 돋워 몸과 영혼을 알차게 만든다면, 요가도 신체와 영혼을 실하게 하고 열반의 경지로 혼을 승화시켜 삶을 풍요롭게 한다. 세월 속에 무너지는 몸을 다시 세워보려 시작한 요가는, 한여름 떨어진 미각을 깨워주는 카레라이스 같다.

마룻바닥에서 맨발로 진행된 요가 수업이었다. 가열되는 근육 운동들로 나의 혼은 점점 어지러워지며 창백해졌다. 하늘로 손을 뻗친 후 갈비뼈를 한쪽으로 틀어 숨을 고정하려는 순간, 힘줄이 만든 아찔한 통증과 현기증에 몸이 부르르 떨렸다.

얼마 후 한쪽 다리로 똑바로 서서, 각을 만든 다른 쪽 다리를 붙이며 움츠렸던 다리 근육을 한껏 펴자 별안간 혈관 안에서 찌릿 찌릿 전기가 흐르더니 심한 경련과 함께 다리가 뒤틀리는 것만 같았다. 잠시 후 숨을 고르고, 엎드려서 무릎 한쪽을 세우며 허리를 틀자 몸은 어느새 진땀으로 질척대기 시작했다.

끊어지지 않고 이어진 몸속의 근육들, 그것은 우리가 사는 세상의 모습과 같은 듯싶다. 근육 하나하나가 독자적인 것 같지만 '인드라망의 구슬'처럼, 서로 이어진 채 서로를 비추고 비춰주는 관계에 있기 때문이다. 삶이 질긴 것은 소우주의 인간 고리들이 대우주인 세상까지 칡넝쿨처럼 이어졌기 때문이리라. 보이지는 않지만 끊을 수 없이 지속된 삶의 근육들을 보며, 더불어 사는 생을 생각한다.

그래서일까 지구촌 여기저기서는 요가의 자세같이 기기묘묘하고 예측 못할 사건들이 황당하게 벌어진다. 그것은 세상살이가 요가의 자세처럼 온갖 기이한 형태로 힘줄을 당기고 늘리며 삶을 희한하고 당황스럽게 만들기 때문이 아닐까.

죽을힘을 다했지만 엉성하기 짝이 없는 내 요가 자세는, 허접한 성냥개비를 쌓아 만든 조마조마한 조형물 같았다. 흔들리는 피사의 사탑 모양 빈 공간에서 흐느적대다 약한 바람에도 쓰러질 듯 불안하고 위태로웠기 때문이다. 그것은 정신없이 살고 있는 나의 삶이 그대로 노출되는 것 같았다. 두서없이 울퉁불퉁한 하루들과 사리 분별을 잘못해 균형을 잃어버린 불안정한 내 삶의 모습이었다.

생각해 보면 인생과 요가는 닮았다. 요가의 자세마다 개개인이 수용하는 근육의 강도가 다르듯이, 삶에서도 영혼마다 받아들이는 주변 자극에 온도 차이가 있는 것 같다. 그런가 하면 충격적이고 죽을 맛인 요가의 처음처럼, 삶 역시 처음 시작하는 일에는 어려움이 많은 듯싶다. 승자도 패자도 없는 삶과 요가. 힘든 자세를 견뎌내야 하는 요가처럼, 인생도 자신의 혼을 당기고 조이며 삶의 어려움을 참고 견뎌 나가야 하는 것은 아닐까.

마침내 긴 노력과 인고의 시간 끝에 소우주에 작은 연꽃이 피어났다. 몸 연꽃이 피어난 것이다. 긴 날숨과 함께 무아지경의 황홀경으로 열린 영혼. 순간의 연꽃을 피우기 위하여, 얼마나 근육들은 힘든 고통을 참고 견뎌내야 했을까. 절묘한 자세로 번뇌만큼이나 많은 힘줄을 밀고 당기며 긴긴날을 땀 흘려 피워낸 꽃이리라.

힘줄의 격한 시달림과 절대 적멸의 순간을 넘나드는 요가는, 찰나의 니르바나를 위해 거친 근육의 담금질을 참아내며 온갖 번뇌를 해탈로 승화시켰다.

그것은 소우주의 격렬한 노역을 통해, 대우주를 향한 열반의 경지에 혼을 도달시켰다. 보이는 몸을 통해 보이지 않는 혼의 세계를 아우르는 동양 철학의 요가. 어쩌면 그것은 육신의 거친 고통을 통하여 찾아가는 자신만의 니르바나일지도 모른다. 모진 고통 속에 영혼의 번뇌가 안개처럼 걷히면, 혼은 텅 빈 무소유 속에서 무한한 자유를 누리리라.

생각해 보면 절묘한 삶은 요가와 같다. 삶의 쓴맛과 시달림도 참고 기다려 인내하면, 어느 날 영혼을 순화시키고 생을 성숙시킬 향긋하고도 고운 연꽃이 피어나지 않을까. 거친 삶의 진통 속에서 피어난 '니르바나의 연꽃'은 더욱 의미깊고 향기로울 듯싶다.

민들레

봄은 멀리도 가까이에도 있다. 한낮 따스한 해가 포근한 사랑을 내릴 때면 봄은 귓가에서 달콤히 속삭이지만, 밤기운이 차가워지면 새침하게 토라져 저만치 멀어져 간다. 돌담 옆으로 향긋한 재스민 꽃을 피우는가 하면, 부드러운 바람으로 가지 끝마다 연둣빛 싹을 틔워 생명을 탄생시키는 봄. 하지만 봄의 옷자락에는 보이지 않는 많은 침 들이 숨겨져 있어, 꽃샘바람을 통해 따끔따끔 찔러대곤 한다.

이른 봄의 아른한 기지개는 들판의 민들레꽃에서 온다. 수많은 낱 꽃이 모여 하나의 꽃을 이룬 민들레꽃, 그곳에는 더불어 사는 상생의 순리가 조화롭게 수놓아져 있다. 일편단심 민들레는 어디에서도 잘 자란다. 그것은 '앉은뱅이'라는 별명까지 들으며, 봄이 오면 버려진 들판 여기저기에서 노란빛 미소를 짓는다. 밟히고 짓눌린 척박한 곳에서도 뿌리를 내려, 죽음 같은 겨울을 지나 봄이 오면 다시 살아나는 생명력의 민들레. 그래서인가 예로부터 그것은 민초(民草)에 비유되기도 하였으니, 그것은 밟아도 밟아도 꿋꿋이 일어나는 백성같이 강인한 생명력을 지녔기 때문이다.

한낮 해가 온몸을 달구어도 민들레는 가부좌를 튼 채 참선 삼매에 빠져 있다. 어쩌면 그것은 자신의 본래 모습을 관조하며, 우주의 순리를 깨쳐가고 있는지도 모른다. 민들레꽃은, 처음 다짐한 일편단심이 부서지지 않는 사리로 남을지언정, 자신의 혼만은 그대로 지켜나갈 듯싶다.

민들레의 푸른 잎은, 땅에 찰싹 붙은 채 이불같이 펼쳐져 겨울 찬바람이 뿌리에 드는 것을 막아준다. 그것은 화사한 노란 꽃 아래 온몸을 펼쳐 대지의 잡된 사념이 들지 않도록 오체투지로 절을 하고 있는지도 모른다. 민들레의 물갈퀴 같은 초록 잎은, 험한 삶을 대비해 잎 가장자리를 칼같이 날카롭게 무장하고 있다. 장미의 뾰족한 가시를 닮은 민들레의 잎. 그것은 날카롭고 강인해 보이지만, 속내는 수줍은 봄볕처럼 한없이 여리기 때문이 아닐까.

헤아려보면 민들레의 무서운 생명력은 뿌리에 있는 것 같다. 깊게 내린 뿌리는 추운 겨울 민들레가 얼어 죽지 않게 할 뿐 아니라, 물과 양분을 빨아들여 이른 봄 다른 꽃보다 먼저 꽃을 피우게 한다. 역사 깊은 민족처럼, 민들레가 사멸하지 않고 살아남을 수 있었던 것은 깊숙이 뻗어 내린 근본 뿌리 때문인 것 같다.

어찌 보면 민들레와 나는 닮은 것 같다. 내가 낮에 삶의 꽃을 열심히 피우다 밤이면 영혼의 날개를 접고 휴식에 들 듯, 민들레도 낮이 되면 화려한 꽃으로 벌과 나비를 맞느라 분주하다 밤이면 곤히 잠든다. 그래서일까, 부지런한 민들레꽃에는 언제나 달콤한 꿀이 넉넉하다. "인내는 쓰지만 그 열매는 달다."라는 말처럼 민들레 뿌리가 쓴 것은 쓰디쓴 삶을 견뎌낸 끈질긴 인내 때문이고, 꿀이 달달한 것은 그 노력의 결실 때문인 것 같다.

세월이 흐르며 이른 봄부터 샛노란 꽃으로 피어난 민들레는 어느새, 하얀 백발이 되었다. 젊음의 열정과 야망으로 꽃을 피웠던 민들레는 삶의 모든 것을 비워내며 텅 빈 백발로 변했다. 이제 조용히 가부좌를 틀고 앉아 지난날을 통찰하며 삶을 관조하고 있는 민들레, 어찌 보면 그것은 삶의 한평생과 흡사한 것 같다.

이제 헛된 욕망을 내려놓은 민들레는 온몸을 감싼 흰 깃털의 씨들로 하얗고 둥근 종을 만들었다. 아지랑이 아른대는 봄바람 속에서 작은 종은 세상을 향해 외친다. "우주에 하나뿐인 유일한 내가 존재하고 있습니다. 힘들고 모진 생이지만, 삶을 깊이 사랑합니다." 씨앗은 영혼만이 들을 수 있는 소리로 속삭이며 정처 없는 방랑을 바람과 함께 시작한다.

디아스포라가 된 민들레의 씨는 새로운 곳을 향해, 바람을 등에 업고 과감하게 고향을 떠난다. 국경과 사상을 초월해 가없는 하늘을 자유롭게 비행하다, 인연이 닿는 곳 어디든 뿌리내릴 씨앗. 어쩌면 고향 땅을 등지고 디아스포라가 된 나도, 바람 따라 날아온 민들레 씨는 아니었을까. 생각해 보면 내가 타지에서 살아남은 것도, 민들레의 질긴 생명력이 전이되어 생긴 것은 아닐까.

땅속 깊이 뿌리를 내려 가장 깊은 곳에 자신의 뜻을 간직하고, 제일 높은 하늘에 푸른 꿈을 비상시켜 창창한 미래를 꿈꾸던 민들레. 문득 작은 민들레의 깊은 철학에 고개가 숙어진다. 새봄을 맞아 노란빛 미소로 넓은 들에서 강인한 생명력을 발산하는 민들레, 내 가슴 들판에도 새로운 봄을 맞아 노란 민들레가 가득 피어났으면 좋겠다. 민들레의 꽃말인 '행복'과 '감사하는 마음'을 되새겨 매 순간 감사하고 행복을 만끽하며, 민초 민들레처럼 이웃과 따뜻한 사랑을 나누는 봄을 맞았으면 좋겠다.

꽃

봄이 열리자 꽃들의 향연이 펼쳐진다. 몇 년 전 보랏빛 꽃비로 마당을 물들이던 자카란다가 쓰러진 후, 그곳에 작은 꽃밭을 만들었다. 한낮의 꽃밭은 봄을 실어 온 산들바람에 한껏 피어난 꽃들의 잔치로 야단법석이다. 표범이 엉킨 듯 진한 야성을 내뿜는 가제니안 꽃들이 요염한 자태를 뽐내는가 하면, 진분홍빛으로 치장한 쏟아질 듯 탐스러운 제라늄 역시 보라는 듯 외모를 과시하고 있다. 바야흐로 한낮의 앞마당은 화사한 꽃들의 잔치로, 봄의 걸작품은 창조되고 있었다.

부드러운 바람과 하얀 새털구름 위로 끓어오른 봄의 열정은, 꽃의 영혼마다 생명의 축복을 내렸나 보다. 꽃들은 살아있음에 아름다운 세상을 바라볼 수 있는 것에 감사라도 하는 듯, 자연이 건네준 봄의 축복을 온몸으로 만끽하고 있었다. 게다가 한껏 달궈진 한낮의 더운 열정이 꽃밭에 더해지자, 그곳은 잔뜩 마신 봄기운으로 아련한 몽롱함으로 취해 가는 것 같았다.

세상에는 어느 꽃도 똑같지 않다. 고운 꽃잎이며 초록빛 줄기며 싱그러운 향내까지 모두가 독특하고 고유하다. 그것은 고유의 유전자를 지니고 개성 있는 빛깔로 살아가는 사람의 모습과 닮지 않았을까.

꽃의 아름다움은 꽃이 지닌 유한성 때문이리라. 꽃의 싱그러운 향기와 고운 자태는 언젠가 사라질 한정적인 것이기에 더욱 극대화되는 것 같다. 그것은 우리의 삶도 큰 눈으로 보면 제한된 순간에 불과하기에, 안타까운 아름다움으로 여운을 남기는 것과 같다.

고운 꽃이 우리의 생과 닮은 것은, 생명을 이어줄 태양과 물이 절대적이고, 일용할 양식이 흙에서 왔는가 하면, 살아있기에 견뎌야 할 혹독한 시련조차 같기 때문이다. 꽃이 그렇듯, 어떤 모습의 삶이라도 귀하지 않은 생이 어디 있을까.

저녁밥을 먹고 나면 나는 분주해진다. 갈증 난 꽃들을 시원한 물로 해갈시켜주고 꽃대의 시든 부분을 정리하는 한편, 꽃 하나하나를 전등불로 조심스레 살펴 주기 때문이다.

아침이면 예쁜 꽃잎마다 생겨나는 동그란 구멍들. 그것은 꽃잎이나 이파리에 둥근 구멍을 내며 꽃의 수명을 단축시키는 극성스러운 민달팽이들이 만든 것이다. 생각해 보면 작은 구멍을 만들며 꽃을 먹는 민달팽이라는 녀석들이 밉다. 하지만 그것은 나의 기준으로 세상 벌레를 해충과 익충으로 나누었을 뿐, 녀석들은 무죄가 아닌가. 놈에게 죄가 있다면 꽃을 사랑한 죄밖에 없을 듯싶다. 어쩌면 내가 분별 지은 익충과 해충들은 끈끈한 먹이 사슬로 지구별에서 서로 엮여 삶을 이어가고 있는지도 모른다. 그리 보면 나의 이익을 위해 분별 지은 선과 악의 개념은, 자연의 눈으로 보면 원초적으로 존재하지 않을 듯도 싶다.

꽃에는 삶에서처럼 태어나서 늙고 병들어 죽는 생로병사가 숨쉬고 있는가 하면, 생명체가 감지하는 희로애락의 감성도 깃들어 있는 것 같다. 내가 꽃을 보고 기쁨과 즐거움 그리고 애절함과 슬픔을 느낄 수 있는 것은, 꽃에 그 모든 것이 담겨있기 때문이 아닐까.

그런가 하면 온갖 색이 춤추는 꽃밭에는 네 계절도 숨어 있는 것 같다. 꽃의 시초인 봉오리에 아련한 봄볕이 머문다면, 한낮 뜨거운 태양은 여름을 맞아 꽃봉오리의 옷을 화르르 벗겨 꽃이 피어나게 한다. 그런가 하면 퇴색하여 시든 꽃에는 어느새 서글픈 가을이 내려앉았고, 낙화하여 흙에 잠든 꽃에는 생명체의 무상함을 설하는 겨울의 침묵이 머물고 있다.

꽃밭을 가꾸다 보면 꽃은 다음 날을 준비하는 연극배우 같다. 밤마다 물을 주고 시든 꽃을 잘라내며 전날 여러 준비작업을 끝낸 다음 날 아침, 기다리던 햇볕 커튼이 열리면 수줍던 꽃은 어느새 피어나 예쁜 얼굴과 독특한 향기로 온 세상에 자신을 내보이며 구김살 없는 삶의 행복을 연기하는 것이 아닌가.

꽃을 가꾸는 일은 자식을 기르는 일과 닮았다. 태양 같은 어미가 자식의 영혼 한가운데에서 변함없이 중심을 잡아주고, 생명을 이어주는 물과 양식 같은 끊임없는 사랑과 따뜻한 관심을 건네주지 않는가. 그런가 하면 민달팽이같이 주위를 어지럽히는 세상의 나쁜 요소들을 때때로 제거해주고, 위로나 도움이 되는 조언이 필요할 때마다 비료를 뿌려 주듯 보충해 주기 때문이다. 이처럼 부모는 자식이 자신만의 꽃을 피울 수 있도록 꽃에 온갖 정성을 다하고 있다.

헤아려보면 꽃은 퇴색되어 시든 부분 하나 때문에 몸 전체를 소멸시키지 않는다. 한 줄기에 꽃이 사라져도, 다른 줄기에 작은 봉오리의 희망이 꽃으로 피어날 때까지 꽃은 온 힘을 다해 버틴다. 그리고 꽃은 질척이는 과거나 열악한 현재 때문에 미래 전체를 무너뜨리지 않는다. 아마도 꽃은 내일의 희망으로 오늘을 견뎌 내는 것인지도 모른다.

이제 새봄을 맞아, 삶의 묵은 짐을 푸른 바람결에 흘려보내고, 한껏 피어나는 고운 꽃이 되고 싶다. 우리 모두의 영혼이 어여쁜 꽃으로 피어나, 세상 속에서 서로의 영혼을 곱게 물들일 수 있다면 얼마나 아름다울까? 세상이라는 꽃밭에서 저마다의 독특한 꽃들이 다정히 어깨를 기대 꽃밭을 이루고, 삶이 힘들 때마다 서로를 위로해 줄 향기를 뿜어낼 수 있다면 정겨운 삶이 되지 않을까.

황홀하게 피어난 봄꽃을 통해 삶을 반추하며, 서로의 영혼 속에서 아름답게 피어나는 꽃들을 꿈꾼다.

참외

참외 껍질을 벗긴다. 반으로 가르자 하얀 씨가 드러난다. 흰 속살에는 아기 이같이 작은 씨가 깨소금처럼 뿌려져 있다. 참외는 자신의 DNA가 담긴 씨를 얇게 펼쳐 놓고, 캐노피 침대의 커튼같이 씨를 보호하려 하얗고 연한 태좌로 씨앗을 고이 감싸 안았다.

아삭아삭한 속살과 달착지근한 태좌는 자신의 씨를 생명체에게 먹이기 위한 것일 듯도 싶다. 속살 깊은 곳에 소중히 간직해 두었다가 동물의 내부를 은밀히 통과하려는 속셈이다. 참외의 독특한 맛에 매료될 수 있다면, 누구라도 흔쾌히 자신의 오대양 육대주를 내어주지 않을까.

외가 참외밭 바구니에는 배꼽이 별나게 나온 개구리참외, 청참외, 개똥참외, 짙은 먹참외들로 가득 차 있었다. 사촌 형제들과 동네 꼬마들은 왕골 바구니 앞에서 다리를 펴고 참외마다 칼질하며 한 입씩 맛을 보며 불평을 해댔다.

“그런디 이 먹참외는 왜 이리 맛이 없는 거여?”

마켓에 쌓인 참외들을 보면 생김새와 빛깔이 제각각이다. 상처 받은 인생처럼 멍든 것이 있는가 하면 한쪽이 움푹 찌그러진 불구도 있고, 탯줄 같은 꼭지가 길게 늘어진 것도 있다. 그런가 하면 온몸이 시들고 물렁거리는 것도 있다. 그것은 참외가 익기 전 얼려졌다 실온에서 녹았기 때문일 것이다. 박복한 그것은 나름대로의 세상이 열리기도 전에 너무 일찍 세상과 부딪혀 숙성도 되기 전에 늙어 버린 듯싶다.

삶에서처럼, 제각기 다른 참외 얼굴에는 자신만의 삶이 새겨져 있는 것 같다. 같은 날 같은 밭에서 태어난 참외도 생이 그렇듯 어떤 삶을 어떻게 지나왔는가에 따라 그 형색이 각기 다르다.

달맞이꽃을 닮은 참외꽃. 어쩌면 그것에는 커다란 달이 들어 있는지도 모르겠다. 한 달을 주기로 몸을 변화시키는 달처럼, 참외도 분침과 초침 같은 하얀 씨앗을 생산하며 꽃이 피면 25일 또는 30일 안에 숙성을 끝내기 때문이다.

그리 보면 참외의 삶은 타이밍으로 시작해서 타이밍으로 끝나는 것도 같다. 씨에서 비롯된 그것이 노란 꽃으로 피어나 열매를 맺고 죽음으로 분신을 퍼뜨리는 순간까지 모두가 타이밍의 연결 아닌가. 타이밍 [timing]은 흘러가는 시간 속에서 자신이 원하는 순간 포착을 의미한다. 그것은 인생이 순간 포착에 의해 태아로 탄생되어,

타이밍으로 이어진 세상에서 살다가, 그것에 맞춰 흙으로 회귀하는 것과 닮았다. 참외와 인생의 순간 포착은 참으로 절묘하기만 하다.

노란 참외를 테이블 위에 세워본다. 놀랍게도 타원형의 참외가 테이블 위에 오뚝이처럼 선다. 순간, 상상의 나래가 펼쳐지는지, 참외가 멋스러운 꼭지에 가는 주둥이를 달고 고운 선들로 몸을 단장하며 우아한 주전자로 변하는 것이다. 어쩌면 옛 고려인들도 지금의 나와 같이 상상의 날개를 펼쳐 그 옛날 참외 문양의 화사한 주전자를 빚었나 보다. 그리 보면 참외에는 역사가 새겨져 있다.

향긋한 참외 냄새 속에 나는 옛 고려를 만나고, 돌아가신 외할머니를 해후하며, 그것을 같이 나누던 외갓집 사촌 동생과 상봉을 한다. 달콤한 참외에는 아프리카에서 비롯된 원조 DNA가 각인되어 있는가 하면, 내 어린 시절의 풋풋한 추억들과 정겨움이 새겨져 있다.

껍질을 벗겨 한입 베어 물면 사각사각 더위를 상큼하게 잊게 해주던 개똥참외. 아버지 하늘과 어머니 땅 사이에서 나의 삶이 시작되었듯, 개똥참외는 하늘이 씨앗을 내려 땅이 길러내고 비바람이 맺어준 열매이다. 하늘과 땅의 도움으로 성장한 나처럼, 개똥참외는 자연 속에서 저절로 숙성된 과일이다. 개똥에서 나온 개똥참외의 삶과, 개똥밭에 굴러도 이승이 좋다는 나의 인생은 닮은 점이 많은 듯싶다. 그리고 저절로 자란 개똥참외가 많은 곳이 좋은 땅이듯, 천연 속에서 꾸밈없이 사는 사람이 지천인 곳이 살기 좋은 곳인 것도 같다.

문득 참외의 삶을 인생과 견주어 본다. "참외"의 의미는 '참으로 외(오이)보다 맛과 향이 좋다'라는 뜻이다. 잘 익은 참외가 단단하며 색이 선명하고 선이 곧듯이, 잘 숙성된 영혼도 순수하고 올곧아 흔들림 없는 삶의 철학이 참외처럼 선명하다. 또 잘 여문 참외 향내가 주변을 향기롭게 한다면, 숙성된 영혼도 삶의 주변을 향기롭게 한다. 그런가 하면 잘 익은 참외가 아삭아삭하게 씹히며 달콤함을 선물하듯, 성숙된 삶도 그윽한 영혼으로 주변을 따뜻하고도 달달하게 만든다.

이가 실하지 않던 외할머니는 언제나 참외를 반으로 갈라 수저로 속을 긁어 드셨다. 할머니는 삶의 단맛도, 무덤덤한 맛도, 꼭지 끝의 쓴맛도 참외 속을 긁어 삼키듯 침묵으로 넘기시며 103세까지 삶을 지키셨다. 물이 잘 빠지는 땅에서 자라는 참외처럼, 당신께서는 나쁜 기억들을 마음에 담지 않고 흘려보냈고, 따뜻한 곳을 좋아하는 그것처럼 가슴이 따스하고 온화하셨다. 때로는 옆의 넝쿨에 휘감기기도 하고, 사변 중에 거친 공격으로 땅에 밟히며 삶이 조각날 뻔도 하였다. 하지만 할머니는 참외 속을 파내어 말없이 넘기듯, 자신의 아집을 긁어내며 넓은 가슴으로 생을 받아들였다. 끝내는 비워져야 무엇이든 담을 수 있는 넉넉한 그릇으로 남을 수 있음을 보여주신 것 같다.

아직 반쪽의 속조차 비워내지 못한 나는, 긁어내야 할 욕심과 편견과 허세가 여전히 가슴에서 질척댄다. 참외 속을 긁어내듯 평생을 비워낸 할머니처럼, 이제는 나도 삿된 아집들을 걷어내야 할 때가 된 것 같다. 문득 속을 꽉 채운 내 반쪽 참외 위에, 할머니가 비워낸 텅 빈 반쪽 참외가 겹쳐진다.

물이 가득한 박

수박의 한쪽 끝을 도려낸다. 그리고 그 조각으로 여닫이문을 만든다. 작은 문을 당기자 빨간 속살이 보인다. 수박의 속살은 왜 그리 빨간 것일까. 타오르는 여름 불길에 화상이라도 입었을까. 아니면 봄부터 여름을 그리다, 온몸이 짙은 그리움으로 물든 것일까. 어쩌면 수박은 뜨거운 여름을 힘겹게 보듬다 선홍빛으로 변했는지도 모른다.

지구를 닮은 수박을 자른다. 먼저 가운데 지점인 적도 부근에 과도를 넣는다. 초록 표피에 칼끝이 닿자 기다렸다는 듯이 쩍 갈라진다. 남반부와 북반부가 단숨에 나누어진 수박, 다시 북반부 런던 부근에서 칼질을 시작해 한국의 동해 바다 쪽을 가른다. 독도 근처에 붙은 씨를 떼어내고 뚝뚝 흐르는 물과 함께 한입을 썩 베어 문다.

아프리카의 어느 부족은 죽은 조상의 살을 베어 먹으면 그 얼이 자신의 몸에 들어간다고 생각하는데, 나의 얼도 언제나 독도를 지키고 싶었나 보다.

다시 수박을 여러 조각으로 나눈다. 인도의 땅 모양인 삼각형으로, 사우디아라비아를 닮은 사각형으로, 이탈리아 대륙의 장화 모양으로도 길게 자른다. 누구나의 인생 행로가 각기 다르듯, 잘린 수박 조각들도 마름질하기에 따라 그 모습이 제각각이다.

문득 수박으로 배가 가득 차 둥근 지구 모양으로 불룩해지자, 나는 어느새 작은 지구별이 된다. 생각해 보면 삶이 힘들 때마다 내 영혼에서는 찌는 적도의 더위가 쏟아지는가 하면, 적막한 겨울 바다처럼 고독해지기도 하고, 격정의 토네이도나 거친 쓰나미가 일기도 했다. 어찌 보면 둥근 지구가 된 나는, 세상이라는 은하계를 따라 알 수 없는 힘에 의해 움직이고 있는지도 모른다.

한 우물물을 먹고 사는 외갓집 사람들은 넝쿨로 이어진 수박같이, 혈연으로 연결되어 있었다. 몇백 세대를 이룬 마을은 모두 박씨 성으로 서로가 멀고 가까운 친척이었다. 그래서인가, 마을 사람들은 하나의 수박에서 잘려 나온 조각들처럼 말씨며 성정이 비슷비슷하게 넉넉하고 유순했다. 끊어지지 않는 수박의 줄기같이 끈끈한 정으로 이어진 마을 사람들은, 넉넉한 수박 속의 물같이 사랑으로 출렁댔다.

한낮 뜨거운 열기가 끓어오를 때면, 마을 꼭대기에 있는 외삼촌 집 원두막에 오르곤 했다. 작은 원두막 아래로 얼기설기 놓인 나무 계단을 오르면, 앞으로는 아늑하게 청산이 보이고 온 동네의 푸른 논과 밭이 한눈에 들어왔다.

황토 냄새 짙은 원두막에 사촌들과 둘러앉아 입 안 가득 수박을 먹노라면, 풋풋한 여름은 빨갛게 익어만 갔다. 매미 울음소리며 쓰르라미 합창과 함께 달덩이 같은 수박은 계절을 넉넉하고도 풍요롭게 채워 주었다. 마을 사람들의 달달한 인정같이 달콤한 추억으로 각인된 수박. 방학 때마다 달려갔던 그곳은 어린 시절을 수박처럼 붉게 물들인 영혼의 고향으로, 아직도 지워지지 않는 사리가 되어 가슴속에 남아 있다.

새벽녘 동쪽의 작은 점에서 비롯돼 한낮 온 하늘을 덮는 해가 되듯, 수박도 작은 씨앗에서 시작해 어느새 커다란 열매가 되었다. 생각해 보면 따뜻한 해와 넉넉한 물, 그리고 물이 잘 빠지는 토양을 갖추는 일은 어느 것 하나 쉬운 일이 아니었으리라. 견디기 힘겨운 추위와 격심한 갈증과 열악한 환경은 수박의 삶을 얼마나 힘들게 하였을까.

하지만 일교차가 크거나 가뭄과 폭염이 심한 곳의 수박이 훨씬 당도가 높고 맛이 뛰어나다고 한다. 고뇌하며 지은 삶의 열매처럼, 쏟아지는 사막의 열기와 어려움이 그 열매를 한층 달게 만든 것이리라. 그리 보면 삶이 겪어야 하는 고뇌와 어려움은, 더 성숙하고 좋은 삶의 열매가 되기 위하여 반드시 거쳐야 할 과정인 것도 같다.

수박은 '물이 가득 담긴 박'이다. 그것은 딱딱한 땅의 지기(地氣)를 유동성의 수기(水氣)로 바꾸었다. 빈 평지에서 삼차원의 돔을 건

설한 수박, 그것은 침묵하는 땅을 살아 숨 쉬는 생명체로 살려내지 않았던가. 그런가 하면 그것은 갈색 땅을 싱그러운 초록으로 바꾸며 내부를 선홍빛으로 물들여 놓았다.

강줄기가 모여 바다를 이룬다고 했을까. 실강 같은 줄기로 얼키설키 이어진 수박은 어느새 물 분자가 넘실대는 바다로 변했다. 타는 갈증을 해갈시켜주는 붉은 대해. 출렁이는 바다가 생명체의 젖줄이듯 수박은 사막과도 같은 삶을 살려내는 생명줄이며, 온몸으로 덕을 베풀어 갈증 난 중생을 해갈시켜주는 불보살의 품성을 지녔다. 그러기에 아프리카의 사막을 건너기 위해서는 수박이 열리는 기간에만 가능하다고 하였다.

귀를 기울여 수박을 두드려 본다. 맑고 투명한 울림이 있는 수박이 잘 익은 까닭이다. 세월 속에 삶을 익혀가는 사람처럼, 수박도 잘 여물려면 자신의 아집을 비우고 자기만의 울림소리를 낼 수 있어야 하나 보다.

한편으로 생각하면, 수박은 거친 삶에서 모나지 않고 둥글게 살아야 힘들지 않다는 것을 보여주기도 한다. 어디서나 둥근 몸을 원만하게 회전시킴으로써 모나고 뾰족한 삶에 걸리지 않도록 둥글게 둥글게 살라는 삶의 철학을 일깨워준다.

내게 주어지는 하루하루가 수박의 미덕을 닮은 삶이고 싶은 것은, 분에 넘치는 욕심이려나.

만두

추석을 맞아 만두를 빚는다. 상 위에 빚어진 하얀 만두는, 강물에 띄워진 쪽배가 되었다, 그리움에 물든 밤하늘의 반달이었나 하면, 세월의 언덕을 사뿐히 내딛는 수줍은 버선발이 되기도 한다.

처음에는 다진 새우에 부추를 더해 반달 모양의 만두를 만들었다. 하지만 나의 무의식 어딘가에서는 또 다른 달을 창조하고 싶었나 보다. 그래서 부추와 돼지고기를 섞어 반달 모양을 만든 후, 초승달을 닮은 통새우 한 마리를 한편에 세우니 어느새 보름달같이 둥근 만두가 생겨났다. 이제 팔월 한가위 달은 밤하늘에만 떠 있는 것이 아니라, 밥상 위에도 올라 내 영혼을 따뜻하게 위로해 준다.

한 주머니에 여러 종류의 음식을 품고 있는 만두는, 내가 사는 로스앤젤레스시(市)를 닮았다. 갖가지 소가 다양한 조화를 이루는 만두 속같이, 한 공간에 동양인과 서양인 그리고 스페니쉬 등의 여러 민족이 밀집해 삶을 영위하고 있기 때문이다. 그래서일까, 로스

앤젤레스는 여러 종류의 음식을 한 주머니에 품은 만두같이, 나름대로의 맛과 멋이 버무려져 새로운 세상으로 탄생되었다. 각각의 개성들을 조화롭게 엮어 고유하고 그윽한 맛이 되었으니, 다른 만큼 독특하고 아름답다.

생각해 보면 만두와 삶은 참 많이도 닮았다 싶다. 삶이라는 주머니에 누구나 나름대로의 그 무엇을 담아도 괜찮은 듯, 만두 역시 그 안에 무엇을 넣어도 문제될 것이 없다. 칼칼한 김치도 괜찮고, 기름진 돼지고기도 풍요로운 맛이 넉넉해서 좋다. 게다가 만두는 한 가지 속만 넣거나, 아니면 몇 가지를 섞어 넣어도 그런대로 무난하다. 그것은 삶의 길이 단순한 외길이거나 몇 가지 길을 동시에 걷더라도 큰 문제가 되지 않는 이치와 같지 않을까.

그런가 하면 연하고 부드러운 만두피는, 속에 어떤 것이라도 감싸 안아 감당해 내야 하는 것이 우리 삶과 비슷하다. 만두 속의 간이 짜든 싱겁든 맛이 어떻든 만두피는 불평하거나 거부하지 않고, 자기가 감당해야 할 것을 말없이 받아들여 품는다.

만두 속에는 푸른 달과 밤하늘의 별 그리고 생명의 해가 숨 쉬고 있는 것 같다. 반짝이는 태양에서 힘을 얻은 푸른 부추와 별밤에 숙성된 잘 익은 김치와 달빛 바닷속에서 허물을 벗은 새우가 그 안에 깃들어 있기 때문이다.

내가 처음 빚은 만두는 상현달과 하현달같이 얌전하거나 반듯한 반달 모양이었다. 하지만 시간이 지나면서 대담해지자 반달에 초승달 모양을 덧붙여 보름달을 만들어 갔고, 마지막에는 얼마 남지 않은 재료로 그믐달도 빚어냈다. 아마도 한가위를 맞으며 내 삶을 이어준 달을, 만두로 표현하고 싶었나 보다.

만두에는 지나가는 세월이 강물처럼 흐르고 있는 것 같다. 몇 달이 지나고 몇 해가 흘러야 한 번씩 먹게 되는 만두이기에, 그것을 먹을 때마다 흘러가는 시간을 절감하게 된다. 빚을 때마다 만두와 내 삶의 모양새는 다르지만, 구름 같은 세월이 바람처럼 흐르고 있는 것에는 틀림이 없다.

돌아보면 만두에는 내 삶의 역사가 기록되어 있는 듯도 싶다. 그것은 나의 일부가 되어 삶의 마디마디에 각인되어 있기 때문이다. 어릴 적, 시골에 사는 외할머니가 서울로 올라오시는 날이면, 우리 집은 꿩만두를 빚었다. 이모부가 사냥해 온 꿩으로 만든 만두는 반가운 만남의 축제이었다. 온 가족이 두레상에 둘러앉아 할머니와 함께 먹던 만두는 영혼이 따뜻해지는 행복이었다. 그 후 여러 해의 보름달이 생겼다 없어지며 맞게 된 중학교 입학식 날 온 식구가 소공동 중국집에 마주 앉아 즐겨 먹었던 물만두와 군만두 그리고 찐만두는 미래를 향한 밝은 희망이 아니었을까.

가정을 이룬 뒤 이곳 수만 리 먼 타관에서 한가위를 맞으며 또다시 만두를 빚는다. 이제 내가 만드는 만두에는 한과 사랑과 추억이 담긴, 디아스포라의 오렌지빛 향수일 것도 같다. 지금의 만두는 내 영혼이 아늑한 고향으로 떠나고 싶을 때, 나를 태우고 떠나는 작은 돛단배이다.

삶을 마주하듯, 단정히 앉아 만두를 빚는다. 분수에 맞게 마련한 만두 속을, 세상살이에서처럼 둥글둥글 모나지 않게 빚어간다. 생을 빚어가듯 만두소를 욕심껏 많이 넣어 터지지 않게 하고, 너무 적게 넣어 인색하지 않게 한다. 또 만두소의 간을 조화로운 삶의 간을 맞추듯, 너무 짜거나 싱겁지 않게 하여 한쪽으로 치우치지 않도록 한다. 그런가 하면 주변 상황에 맞게 세상일을 처리하듯, 빚을 때도 모든 과정을 순리에 맞게 한다.

만두를 빚는 일과 살아가는 법이 크게 다르지 않겠다 싶다. 왜냐하면 만두 요리에는 우리가 세상살이를 꾸려가는 이치와 순리가 들어 있기 때문이다. 만두가 숙성되어 가는 과정은 삶을 터득해 가는 지침서가 된다고나 할까. 그리 보면 아직 세상살이에 미숙한 내가 빚는 만두는, 인생 수행 과정의 일부분이 될지도 모른다. 또 어찌 살피면 만두를 만들어가는 일은 삶을 실하게 숙성시키고 싶은 나의 작은 의지일 것도 같다.

세월 속에 익어가는 나의 만두는 언제쯤이나 환한 보름달이 되어, 넉넉하고도 조화롭게 평화로운 얼굴을 세상에 내보일 수 있을까.

술

술술 풀린다. 애주가한테 술은 세상을 풀어주는 해결사다. 목을 타고 그것이 넘어가면, 막혔던 세상이 시원하게 뚫린다. 세상에 안 되는 일이 무엇이고, 잘 된다고 한들 무엇이 그리 대단하단 말인가. 맨정신으로 넘길 수 없는 기막힌 순간도, 술만 들어가면 전신에 혈관이 열리고 답답하게 막혔던 세상은 흐르는 강물처럼 뚫린다.

술은 때때로 삶의 상처를 달래주는 진통제로, 뻑뻑하고 어색한 대인 관계를 부드럽게 하는 윤활유로, 속 깊이 고인 감정을 끌어 올리는 마중물로 그 역할이 다양하다. 그런가 하면, 붉은 포도주는 예수님의 상징적인 피로 여겨져, 그분의 순수한 사랑과 희생의 의미로 천주교 미사마다 봉헌되고 있다. 한편 술은 혼백(魂魄)을 위로하는 제사에서도 중요하게 쓰인다. 사람들은 술이 땅에 스며들면 백(魄)을 불러오고, 향 연기는 혼(魂)을 불러온다고 믿었기 때문이다. 생각해 보면 제사에서의 술은 망자와 산자를 이어주는 연결 다리였다.

아버지는 평소 말이 없어 과묵하셨다. 하지만 아버지가 거나하게 술이 취하는 날이면 당신의 노래는 동네 어귀부터 시작해 골목 안을 가득 메웠다. "백마강 달밤에… 오늘도 걷는다마는 정처 없는 이 발길…." 이어지는 아버지의 노래는 우리 집 마당에 들어설 때까지 끝나지 않았다.

아버지는 남정네들에게 위압감을 줄 만큼 체격이 크셨기에, 사람들에게는 거슬리기가 어려운 동네 어르신이었다. 하지만 어두운 밤 골목에서 아버지의 노랫소리가 들리기 시작하면 사람들은 아버지의 음주 사실을 알아내어 미소를 짓곤 했다. 평소 말이 없으셨지만 거구에서 뿜어져 나오는 카리스마를 몸소 거두고 고요한 골목을 흘러간 노래로 채워 놓길 좋아하셨던 아버지, 숨 막히고 부담스러운 당신의 카리스마가, 정겨운 친근감으로 둔갑 된 것은 애주가였던 아버지의 술이 그 촉매 역할을 했기 때문이리라.

술에는 조여진 세상을 느슨하게 푸는 힘이 있나 보다. 그것은 하찮은 액체로 나약해 보이지만, 경직된 세상 나사를 조금씩 풀어내다, 끝내는 어깨를 누르던 거칠고 힘센 세상도 아무것도 아닌 듯 넘어뜨리곤 한다. 술에 과민 반응이 없는 사람이라면, 적당한 술은 하루를 재충전시키는 배터리로, 지친 삶에 생기를 불어넣는 활력소로 그 역할을 하고 있는 것 같다. 좁은 시야를 넓혀주는가 하면,

세상을 다른 각도에서 보게 하며 일탈의 신선함을 주는 술. 어찌 보면 술은 찰나의 통증을 잠깐 멈추게 하는 영혼의 순간 진통제 같다. 거친 삶을 마주한 사람이 마시는 약주에는, 아린 상처에 잠시 발라준 빨간 약같이 삶이 할퀸 상처를 보듬고 통증을 완화 시키는 그 무엇이 들어 있기 때문이다.

흥겨운 노래로 이어진 골목길을 지나 집에 든 아버지는, 세상 모르게 잠에 취한 나와 언니를 깨워 늦은 밤 노래자랑을 시작했다. 잠이 덜 깬 얼얼한 이마에 일 원짜리를 붙여주며 막을 올린 참새 노래자랑은 늦은 새벽까지 이어졌다. 얼떨결에 잠에서 깬 나는 다음 날 동네 어귀에서 사 먹을 달고나 생각에 온갖 묘기를 동원하며 코 묻은 일 원을 열심히 챙겼었다.

아버지는 하룻밤에 정종 한 병을 거뜬히 비우는 대주가이셨다. 어쩌다 아버지와 술상을 마주한 사촌오빠나 형부들은 네모난 밥상 앞에 쪼그리고 앉아 밤 깊도록 같이 술을 마시며 속 깊은 아버지의 얘기를 들어내야만 했다.

영혼에 맺힌 이야기들을 술술 풀어주는 술, 그것은 가슴에 맺힌 얽히고설킨 삶의 실타래를 끌어내 그 매듭을 풀어주고 정리해주는 해결사인지도 모른다. 또 술은 딱딱하게 경직된 분위기를 부드럽게 마사지해 영혼과 영혼을 소통하게 만드는 영매사이기도 하다. 그런가 하면 술의 알코올 성분은 영혼을 소독하고 순수하게 정제시켜 오염되지 않은 진심을 드러나게 한다. 그러기에 취중 진담이라는 말도 나오지 않았나 싶다.

술의 어원은 '수불'로 물 수(水) 자와 불이 합쳐져 되었다는 설이 있다. 소우주인 몸을 불처럼 달구는 것이 수불인 술인가 하면, 변덕스럽고 불같은 삶을 녹여줄 수불 역시 술이 아니겠는가.

술은 단순히 취하려고 마시는 게 아니라, 맛과 향을 즐기기 위한 경우가 많다. 요즘 나는 술을 마시기보다는 음식에 넣어 먹는다. 고된 삶을 채워 줄 먹잇감에, 지친 삶의 통증을 잠시 진정시켜 줄 진통제가 필요하기 때문이다. 게다가 가짜와 사이비로 오염된 세상이기에, 먹이로나마 순수하게 소독해야 하지 않을까. 그래서일까 요리하려는 생선에 술을 바르면 그것은 순간 마술을 일으키는지 비린 냄새조차 깔끔하게 제거해준다. 술에는 잡냄새가 스며들지 못 하게 하는 투명한 그 무엇이 씌워져 있나 보다.

술이 스트레스로 경직된 영혼의 긴장을 풀어주고 완화시켜 주는 것 같이, 그것은 빽빽한 고기의 육질 또한 마사지를 하는지 부드럽게 만들어 준다. 헤아려보면 거칠고 각박한 세상도, 때로는 술의 부드러운 마사지가 필요할 듯싶다. 그래서인가, 각박하고 살벌한 세상이지만 술에 취할 수 있는 애주가들의 영혼은 훨씬 부드럽고 넉넉하고 여유로운 것 같다.

편하게 마시면 일이 술술 풀리지만, 살살 마시지 않으면 질질 꼬이기 쉬운 술. 예부터 술은 '미혼탕'이라 하여 사람의 혼을 미혹하는 물이란 의미를 담았고, 근심을 잊게 하는 물인 '망우물'이라고도 불리는가 하면, 절에서는 깨달음의 경지인 황홀경을 맛볼 수 있다 하여 '반야탕'이라고도 일렀다.

영혼을 취하게 하는 술의 에탄올. 기나긴 인생에서 가끔 무언가에 취할 수 있다면 삶은 생각보다 흥미로워지는 것이 아닐까. 연둣빛 봄에 취하고, 들꽃 같은 사랑에 감취되고, 영혼을 써 내려가는 글쓰기에 황홀해지는가 하면, 나비가 꽃에 탐닉하듯 술에 도취될 수 있는 것도 행복한 삶의 일탈이다.

취할 수 있다는 것은 또 다른 세계의 신선함을 맛보며 더 깊은 삶을 음미할 수 있는, 생명체의 축복 아닌가. 이런 생각에 젖어 있노라니 불현듯 한 잔의 술이 그리워진다.

낙엽을 읽다

갈색 잎들이 우수수 흩어진다. 계절이 보내는 싸한 엽서는 나무에서 떨어지는 갈색 낙엽이다. 한여름 싱그럽던 초록 잎은 어느새 갈빛으로 퇴색하여 낮은 곳으로 낮은 곳으로 몸을 낮추고 있다. 싸한 바람이 불자 우수수 눈물같이 떨어지는 낙엽. 가슴앓이 끝에 떨어지는 낙엽이어선지, 그것을 보고 있으면 마음이 왠지 슬프다.

나무는 저무는 한 해의 안타까움과 후회, 허무하게 흐르는 세월의 무상함에 눈물을 떨구는지도 모른다. 고엽을 보고 있으면, 인생이 어디에서 와서 어디로 가는 것인지의 본질적인 삶의 의문과 의미가 절실해진다.

눈물이 되어 떨어지는 낙엽. 감정의 끝은 눈물이라 하였던가. 그것에는 슬픔과 기쁨 그리고 분노 같은 온갖 감정이 녹아 있는 듯싶다. 그래서일까 눈물을 흘리고 나면 감성이 순화되어 영혼이 맑아지고 세상이 투명해진다. 그것은 응어리진 감정이나 떨쳐내기 힘든 삶의 집착들을 비워주기 때문이리라. 눈물은 아픈 감성을 치료해주는 약인지도 모른다. 그러기에 아일랜드 속담에 흐르는 눈물은 고통이나, 그보다 더 괴로운 것은 흐르지 않는 눈물이라 하였다.

어찌 보면 나무의 눈물은 또 다른 시작을 의미하는지도 모른다. 갈색 눈물이 흐르다 보면, 어느새 푸른 나무의 영혼은 정화되고 그것은 또 다른 삶의 시작으로 이어지지 않을까. 눈물은 삶을 단단하게 만드는가 하면 오래 버틸 수 있는 힘을 주는 것 같다.

갈빛 낙엽에서는 커피 냄새가 난다. 커피는 감성을 촉촉이 적시는 갈색빛으로 고혹적인 향을 풍기는 매력을 지녔다. 씁쌀하면서도 시니컬하게 혀끝을 자극하다 마지막에는 고소한 맛을 여운으로 남기는 커피. 바스락바스락 낙엽길을 걷다 보면, 삶이 비록 싸하고 냉소적이지만 쓰디쓴 커피의 고소함이 같이 인생은 그래도 살아볼 만한 가치가 있다는 것을 느끼게 된다.

문득 낙엽을 밟아가다 그것이 낯선 코스모스 사이에 누워있는 것을 발견했다. 코스모스를 닮은 낙엽. 코스모스와 낙엽은 설레는 그리움으로 감성을 적시며 영혼에 다가서는 가을의 얼굴들 아닌가. 한들한들 바람결에 춤추는 코스모스는 가슴의 노란 꽃에 수많은 별을 품었다 해, 그 이름을 '코스모스'라 불렀다 한다. 꽃의 의미가 우주라면, 갈색 낙엽에도 나름 대로의 우주가 있었다. 하늘의 해와 땅의 물을 합쳐 양분을 만들어 낸 푸른 우주는 여름내 초록 나뭇잎에 의해 진행되었고, 그 흔적은 아직도 낙엽의 몸에 '삶의 훈장'처럼 새겨져 있지 않은가.

귀 기울여 들어 보면 낙엽에서는 철새 소리가 들린다. 철이 바뀌면 어딘가로 훌쩍 떠나버리는 철새. 낙엽을 밟으며 먼 곳이 그리워지고 어디론가 멀리 떠나고 싶은 것은, 떠날 채비를 마친 철새가 그것에 깃들어 있기 때문이리라.

문득 고개를 들어 쪽빛 하늘을 보니 빨간 고추잠자리들이 허공에 가을 풍경화를 그리고 있다. 빨간 고추잠자리를 닮은 붉은 단풍잎들이 떨어지며 알 수 없는 형상들을 하늘에 그려대기 때문이다. 장난기 어린 바람이 허공에 동그라미를 그리자, 고추잠자리가 된 단풍잎은 또르르 날갯짓하며 쪽빛 하늘에 커다란 원을 스케치한다. 빈손으로 왔다가 빈손으로 돌아가는 고추잠자리와 단풍잎이지만, 슬퍼지는 가을을 곱게 채색하려고 둘은 빨갛게 몸을 달구어, 가을 한복판에서 흥겨운 풍악 놀이를 벌이며 축제 분위기를 연출해 낸다.

푸르던 자신을 지워내 흙빛이 된 낙엽. 세월은 나뭇잎의 영혼 속에 아집을 비우고 겸허함과 소박함으로 채워 주려, 그렇게 만들었을 듯도 싶다. 누구라도 부담 없이 밟고 다니지만 매 순간 그 존재조차 의식 못 하게 자신을 비운 낙엽이 아니던가. 어쩌면 삶은 인연 따라 잠시 머물다 가는 소풍으로 원래 내세울 것이 없음을, 세월은 이미 알고 있었는지도 모른다.

어쩌면 낙엽에는 한글의 자음과 모음이 새겨져 있는지도 모른다. 계절이 보내는 메시지가 갈색 잎에 적혀있는 까닭이다. 그것에는 "떨어지는 잎을 보며 삶이 무엇인가를 사유하고, 지금의 자신을 돌아보며 성찰하라. 한편으로, 사는 동안 주변 이웃에게 넉넉하고 따뜻하게 온정을 베풀라."라는 사연이 빼곡히 적혀있는 것만 같다. 자기의 삶은 자신만이 지어 나가는 것이기에 의지 여하에 따라 그 빛도 다양한 낙엽 빛처럼 달라질 수 있으리라.

헤아려보면 낙엽은 인생의 축소판 같다. 한자리에서 삶의 생로병사를 온몸으로 겪어낸 나뭇잎은 마지막 땅에 누워 흙으로 돌아가는 순간까지 인생을 닮았다. 그래서인가 삶의 끝자락에 선 낙엽은 생명체의 실상을 적나라하게 보여준다. 떨어진 잎들 위에 누우면 까칠해진 내 삶이 낙엽 몸에 닿는 것 같아 고독해진 영혼은 청잣빛 하늘 속에 깊어만 간다.

감성을 적시는 이브 몽땅의 〈고엽〉 노래를 굳이 듣지 않아도, 깊어지는 가을은 쪽빛 하늘 속에 풍요롭게 익어만 가고, 바스락바스락 낙엽을 밟으며 나는 흠뻑 낭만에 빠진다. 낙엽의 매력은, 죽었지만 가슴에 살아남아 삶을 얘기한다는 것이다. 낙엽 길을 걸으며 나뭇잎의 죽음에서, 인생을 관조하며 그 속에서 죽음과 삶을 생각해 본다. 죽음 속에서 삶을 사유하고, 삶 속에서 죽음을 사고하는 것은, 둘이 하나이기 때문이리라.

터마이트

천장에 구멍이 났다. 너무 가늘고 작아서 처음에는 그 존재조차 눈에 띄지 않았다. 하지만 어느 날부터 사막의 모래같이 미세한 가루들이 천장에서 일직선을 그리며 떨어지자, 작은 구멍은 내 영혼에 커다란 원을 그리며 헤어날 수 없는 블랙홀로 변해갔다.

범인은 다름 아닌 터마이트(Termite)였다. 터마이트는 흰개미를 가리킨다. 죽은 목재를 갉아 먹는 녀석은, 어느 날 체로 걸러낸 나뭇가루 같은 분비물을 배설하며 과감하게 자신의 존재를 드러냈다. 녀석은 무의미한 나의 하루하루가 무심한 세월을 갉아먹어 가듯, 자신도 큰 천장을 잠식해가는 중이라고 당당히 말하는 것 같았다.

하늘과 맞닿은 천장에서 섬세하고도 주의 깊은 신의 은총처럼 흰 가루들을 신비롭게 뿜어내는 흰개미. 그것은 높은 건물에서 퍼지는 길고 가는 파멸의 빛줄기 같기도 했다. 어쩌면 어두운 천장에서 새로움을 향해 벌어지는 은밀한 파괴였을지도 모른다.

숨 가쁘게 헐떡이는 여름, 터마이트를 박멸시킬 사람을 어렵게 찾아냈다. 흰개미 빛깔의 옷을 입은 그는 터마이트를 처단할 극약을 문제의 천장 구멍과 그 주변 여기저기에 주사했다.

집을 지키며 제구실을 하던 나무는 처방 주사 후 아무 일도 없었다는 듯 집의 뼈를 이루며 새로운 삶을 이어 갈 것이다. 나무는 자신의 모자람을 인정하고 수정할 때, 또 다른 무늬의 생명으로 태어날 수 있다는 것을 말해주는 것일까.

생각해 보면 터마이트는 자연에만 존재하는 것이 아니다. 그것은 세상 어디에라도 존재하는 것 같다. 순수한 영혼을 조금씩 잠식하다 끝내는 삶을 망가뜨리고 무력화시키는 부정적인 생각도 영혼의 터마이트라고 할 수 있지 않을까. 누군가의 가슴속에 소리 없이 웅크리고 있다, 세상사에 부딪히고 깨어져 혼에 상처가 커지면 갑자기 얼굴을 드러내는 영혼의 터마이트. 생의 불신과 정신적 학대로 써 내려간 과거의 부정적인 기억 같은 것일 듯도 싶다. 불량한 혼의 터마이트들은 밝고 긍정적인 삶에 구멍을 내고 무기력화시켜, 현재에 누릴 수 있는 마음의 평화와 행복을 망치게 만드는 영혼의 기생충이다.

그런가 하면 함께 살아가는 세상에서 없어져야 할 터마이트는, 남에게 이유 없이 해를 주거나 불행하게 하며 이웃을 무시하고 자신의 욕심만을 차리는 이기적인 사람이다. 아름다운 세간을 피폐하게 만드는 인간 터마이트는 세상이라는 차도에서 삶을 난폭하게 운전해 온갖 교통사고를 일으키며 남과 자신의 삶을 망가뜨리는 사람일 듯싶다. 자신의 먹이만을 위한 이기심으로 남의 행복을 망가뜨리는 부정적인 마음은, 터마이트가 자신의 먹이를 위해 평화로운 집을 무너뜨리는 것과 무엇이 다르겠는가.

하지만 녀석은 놀라운 반전을 일으켰다. 적어도 나에게는 나쁜 생명체로만 간주되던 흰개미가 열대 사막에서는 훌륭한 건축가로 그 얼굴을 바꾼다는 사실이다. 아프리카와 호주의 흰개미 종은 3m 이상의 거대한 집을 짓는가 하면, 브라질에서는 이와 비슷한 집이 2억 개나 밀집되어 있는 장대한 흰개미 군집을 발견했다고 한다.

그곳의 흰개미들은 흙과 나무 그리고 배설물과 침 등을 사용하여, 온도와 수분이 조절되는 거대한 탑을 만들었는데, 그것은 놀랍게도 도시 크기의 구조였다고 한다. 게다가 흰개미 집은 내부와 외부 환경에 반응하는 자동 조절 구조를 갖추고 있어, 학자들은 흰개미 집의 원리를 모방하여 건축을 설계하였다. 그것은 난방과 환기에 기계적 설비가 전혀 없는 건물이었는데, 놀랍게도 연구팀은 그곳에서 기존의 집보다 훨씬 적은 에너지가 소모된다는 것을 알아냈다.

그러기에 그곳 농부의 관점에서는 흰개미가 익충으로 분류된다.

죽은 나뭇가지나 잎을 잘 관리하기 때문에 개미탑 주변은 비옥한 편이고, 특히 건기에는 흰개미들이 말라죽은 목초를 처리하기 때문에 화재 예방에 큰 효과가 있다는 것이다. 만약 그곳에 흰개미가 없었다면 그곳 생명체가 생존하면서 분비하는 쓰레기들을 누가 분해하며 정화시킬 수 있었을까.

삶에서 긍정적인 생명체와 부정적인 생명체를 구분 지을 때, 처음에 터마이트는 부정적인 생명체로 인식되었다. 하지만 녀석이 부정적인 개체에서 긍정적인 존재로 변한 것은 무슨 이유이었을까. 짧은 눈으로 본 집을 지키는 사람의 입장에서는 터마이트는 부정적이었지만, 대승적인 차원에서 보면 그는 사막을 개발하는 훌륭한 건축 기술을 가진 긍정적인 생명체로 변하였던 게다.

생각해 보면 흰개미는 자신의 본능대로 살았지만, 그것을 바라보는 나의 개념 척도에 따라 긍정과 부정의 울타리를 오갔던 것 같다. 녀석이 나의 이익에 부합되나 그렇지 않나에 따라 좋은 생명체로 혹은 나쁜 개체로 구별 지었기 때문이리라.

결국 터마이트가 한편으론 부정적이고 한편으론 긍정적인 것은 우리가 그어 놓은 딱딱한 개념의 잣대였다. 만약 선과 악이라는 관념이 타파된다면, 세상에는 좋은 것도 나쁜 것도 없을 듯싶다. 자연의 모든 순리와 법칙은 원래 텅 빈 상태 그 자체이고, 지금도 소리 없이 그렇게 흘러가고 있기 때문이다.

천장을 찬찬히 살핀다. 이제 더 이상 터마이트가 내 삶을 흔들지 않았으면 하는 바람과 함께, 마음속으로나마 죽은 녀석들을 향해 슬퍼하고 애도하는 조종을 울린다.

귀뚜라미

어디선가 귀에 익은 소리가 들려온다. 어디서 나는 것일까. 숨죽이고 소리 들리는 쪽으로 신경을 모은다. 가만히 귀 기울여 보니 냉장고 뒤편 어딘가가 진원지인 것 같다. 귀뚜라미가 둥지를 튼 게다. 밤이 짙어지자 녀석은 어두운 구석에서 슬피 운다.

"귀뚤귀뚤 ~링링… 귀뚤귀뚤~ 링링…"

귀뚜라미 소리는 타일 바닥과 벽에 부딪혀 메아리처럼 부엌 안을 쉬지 않고 맴돌고 있다. 울음을 멈추게 하려고 냉장고 문을 급히 열었다 닫아 보고, 시끄러운 음악을 틀거나 밝은 불빛을 갑자기 벽 뒤로 비춰도 보기도 한다. 하지만 요란을 떨어도 녀석은 끄떡도 하지 않는다. 오히려 확성기를 덧댄 듯 녀석의 소리는 더 크게 울려 퍼진다.

귀뚜라미는 양 날개를 비벼서 소리를 내는 곤충이라고 알려져 있다. 오른쪽 날개 안쪽의 굵은 줄 모양의 맥에 왼쪽 날개 바깥쪽의 마찰판을 비벼 바이올린을 켜듯 소리를 만든다. 그 가운데 교활한 녀석은 자신의 소리가 크게 퍼지도록 날개를 펼치며 치켜세워 소리를 크게 확산시키기도 한다.

놈은 왜 매일 밤 소리 공연을 펼치는 것일까. 잃어버린 짝을 찾기 위해서라면 굳이 아무도 없는 냉장고 뒤에 몸을 감추고 밤새도록 그리할 리는 없을 터, 분명 내가 알지 못할 무슨 사연이 있을 듯싶다.

가을이 깊어가자 지나간 한 해를 돌아보며 힘겹던 순간을 되새기면서 안타까운 한을 터뜨리는 것인가. 아니면 제한된 자신의 삶을 한탄하며 밤새도록 오열하는 것인가. 어쩌면 녀석은 낙엽 같은 자기 신세가 서글퍼 밤새도록 눈물짓는 것일 수도 있으리라. 속마음을 마음껏 표출 못 하고 밤잠을 설치며 삶을 고뇌하고 울어본 적이 없는 나와 비교하면, 녀석은 훨씬 자유롭고 깊이 있는 생을 살고 있는 것도 같다.

한편으로 귀뚜라미의 울음을 다르게 헤아려보니, 녀석은 무심한 나에게 삶의 가을이 곧 다가올 것을 알리며 촌음의 시간을 절제 있게 보내라는 경고를 보내고 있는지도 모르겠다.

“귀뚤귀뚤~ 링링… 귀뚤귀뚤~ 링링….”

밤마다 지속되는 녀석의 울음소리가 매일 매일 나의 영혼을 세뇌시키는가 싶더니, 어느 날부터인가 나는 조금씩 귀뚜라미로 변해가고 있었다. 그래서일까, 어쩐지 녀석과의 동류의식이 느껴진다.

땅 위에 사는 녀석은 갈색으로, 나무에서 생존하는 놈은 녹색으로 변하는 귀뚜라미는 주변의 빛과 온도에 따라 빛깔과 체온이 바뀐다고 한다. 그것은 아들에게는 당당한 어미로, 남편에게는 여린 삶의 동반자로 색깔을 바꾸며 상황에 따라 영혼의 온도까지도 변화시키는 내 처지와 닮은 구석이 많을 듯싶다.

게다가 녀석이 실 모양의 두 더듬이로 주변을 살피듯, 나는 예민한 오감의 더듬이로 주위의 공기 흐름을 가늠하며 그것과 맞추며 살고 있지 않은가. 그런가 하면, 어둡고 침침한 것을 좋아하는 녀석처럼, 나도 햇빛 알레르기로 인해 집 안으로 들어오는 밝은 빛을 커튼으로 가리고 침침하게 살고 있는 것이 녀석과 나는 닮았다.

가만히 들어 보면 귀뚜라미의 울음소리는 상황에 따라 변한다. 자신의 영역을 주장하며 싸울 때나 혹은 상대방을 유인할 때 그리고 먹이를 구할 때의 소리가 각기 다르다. 마찬가지로 내 영혼에서 나오는 소리도 귀뚜라미처럼 순간의 감정에 따라, 상황의 변화에 따라 변화무쌍하게 바뀌고 있지 않은가. 뿐만이 아니다. 밤샘을 즐기는 녀석처럼, 나도 어떤 일에 몰입하면 밤이 깊어질수록 잠자리에 쉽게 들지 못한다.

예부터 귀뚜라미는 아름다운 소리로 인기가 높고 애완용으로 여겨져서 정서곤충(情緖昆蟲) 중에 으뜸으로 꼽혀 왔다. 그러기에 프랑스의 조스껭 데프레는 귀뚜라미 소리를 창작적인 음악이라고 하기도 했다.

생각해 보면 녀석이 두 날개를 비벼서 고운 소리를 만들듯, 나도 순한 영혼의 실을 한 가닥씩 뽑아 가로 실과 세로 실을 고르게 엮어 수필이라는 한 편의 삶의 직물을 짜내고 있다. 또 귀뚜라미가 여러 종류의 음식을 먹는 잡식성이듯, 내 글의 글감 역시 무엇이라도 가능하다. 녀석이 날개를 비벼대어 나오는 소리로 사람들에게 사랑을 받듯, 나도 영혼의 실로 짜낸 고유의 수필로 가깝거나 먼 곳의 독자들에게 사랑받고 있지 않은가.

다시 가만히 귀를 기울여 본다. 녀석은 청청한 가을밤을 찬미하다 거기에 취한 나머지 낭만적인 글귀들을 한 줄 한 줄 적어 풍요로운 가을 수필로 표현하고 있는지도 모른다.

"귀뚤~ 귀뚤 링링… 귀뚤~ 귀뚤 링링…."

동네 우거진 풀밭에서, 나무 밑 낙엽 사이에서 써 내려가는 귀뚜라미의 수려한 문장들. 상처받기 쉬운 영혼처럼 쉽게 다칠 수 있는 녀석이기에 부드럽게 다루어야, 서정적이고 운치 있는 문장으로 곱고 특유한 수필을 지어 나갈 수 있으리라.

현실적인 계산을 앞세우느라 진지하게 삶을 사유하고 성찰하지 못하는 나, 언제 한 번 귀뚜라미 같은 순수한 열정으로 밤새워 인생을 고민하며 소리 내어 울어 본 날이 있을까. 싸해 가는 이 가을에는 세속적인 욕심과 쓸데없는 집착을 비우고, 순수한 열정으로 삶을 노래하는 지고지순한 한 마리의 귀뚜라미로 태어나는 꿈을 꾼다.

2 사닥다리

푸른 하늘 아래 걸쳐진
사다리를 보며 문득 나의 혼은 신비한 환상의 나라로 들어선다.
하늘과 닿은
위태위태한 계단을 오른 내 영혼은,
창공에 누워 향긋한 하늘 냄새에 도취하는가 하면
봄볕에 물든 구름도 만져본다.
한동안 향긋하고 포근한 하늘에 취한 내 혼은,
싱그러운 행복으로 풋풋해졌다.
하늘에 기댄 상상의 사다리는
잠시 나의 혼을 행복으로 인도해 주었다.
–본문 중에서

숟가락과 젓가락

작은 우주를 퍼 나른다. 자궁같이 생긴 둥우리는 그 작은 우주를 퍼 나르기에 마침맞다. 조그만 우주들이 몸에 들자 새롭게 열리는 또 다른 코스모스들.

병으로 시들시들하던 어린 시절, 죽을 입에 떠넣어 주던 어머니의 간절한 정성은 조그만 숟가락에 얹혀 있었다. 어머니의 사랑을 가득 실은 숟가락은 여린 나를 지키느라 얼마나 고달팠을까. 어찌 보면 그것은 긴 자루로 이어져 영양을 공급하며 생명을 이어주는 탯줄 같기도 했다. 공기 중 산소같이 내 삶 내내 무관심이었던 숟가락이었지만, 떼려야 뗄 수 없는 나의 한 부분으로 나와 함께 삶의 역사를 써 내려갔다.

숟가락을 가만히 들여다보면, 거기서는 참한 안주인 소리가 난다. 우묵하게 들어갔나 하면 둥그렇고, 온순한 얼굴에 편한 자루가 달려있어 쓰임에 따라 순종하는 종갓집 며느리 같다고나 할까. 자신을 비우고 정성을 다해 밥과 국을 나르며 식솔들의 생명줄을 잇는 것을 생각하면, 궂을 때나 좋을 때를 함께하는 조강지처 같기도 하다.

숟가락 옆에 놓인 젓가락은 어떤가. 집안의 바깥주인을 꼭 닮은 젓가락, 두 다리 같은 젓가락은 부지런히 밖의 반찬을 안으로 거둬들이며 나름대로의 살림살이를 꾸려갔다. 바깥주인의 하루 벌이가 왕성해야 집안이 번성하는 것이 아닌가. 고정된 한쪽 젓가락에 맞춰 움직이는 다른 한편의 젓가락은 마치 식솔들의 요구에 맞춰 자신을 변모시켜 가는 아버지를 닮았다.

그에 반해 숟가락은, 밥이라는 주식을 담당해서인지 생명줄과 이어져 있었다. 예전부터 밥숟가락을 잡을 수 있다는 것은 아직 목숨이 살아있음을 의미했고, 그것을 들 수 없음은 생명이 다하였다는 뜻이었다.

한편으로, 나뭇가지에서 태어난 젓가락은 몸에 천부적인 가락을 타고났나 보다. 명상에 잠긴 장구의 어깨를 젓가락으로 덩더쿵 두드려 신명을 얹으면, 그것은 흥겨움에 취해 덩실덩실 춤을 추어대기 때문이다. 젓가락의 가락은 푸른 산도 오르고 실 강도 건너 붉은 하늘을 오르는가 싶더니, 슬프기도 기쁘기도 하던 삶을 장단 맞춰 노래하기 시작한다. 인생의 희로애락이 담긴 노랫가락에 맛깔난 젓가락 장단이 맞춰지면, 그것은 삶이 그렇듯 그냥 그대로 아름다워진다.

언제부터인가 숟가락은 사람의 머릿수로 간주되더니, 더해진 숟가락 숫자는 어느새 협동의 의미를 갖게 되었다. 그러기에 밥 한 숟갈씩을 모아 열 숟가락이 되면 그것이 밥 한 그릇을 만든다는 '십시일반'이라는 말도 생겨나지 않았던가. 그런가 하면 밥그릇 싸움은 종종 왁자한 숟가락 싸움으로도 변했는데, 그것은 밥그릇 하나로 나눌 숟가락 수가 많아지며 생존의 다툼으로 전이되었기 때문이다.

젓가락은 밥상 위에서 가위처럼 긴 찬을 자르기도 하고, 서로 다른 반찬을 하나로 모으는가 하면 또 나누기도 한다. 식탁 위를 엿장수 가위처럼 마음대로 쥐락펴락하는 젓가락은 밥상 위에 수장이라 할 수 있지 않을까. 그래서인가, 올곧게 뻗은 젓가락은 가로등처럼 밥상 위의 예절을 밝혀주고 든든하게 지켜주는 것 같다.

세상과 끈끈하게 연결된 숟가락은 자본주의의 계층을 구별 짓는 '수저론'까지 펼쳐냈다. '금수저' '은수저' '동수저' '흙수저'로 숟가락의 재료에 따라 그 가치를 구분하듯, 세상 사람들의 신분도 계급으로 나뉘어 구별된다는 것이다. 하지만 숟가락 자체가 세상에 존재할 수 있다는 것이 축복이고, 고유한 그것마다 제각기 나름 대로의 아름다움을 지니고 태어나는 것은 아닐까.

생각해 보면 어릴 때부터 배운 젓가락질은 숨겨진 손가락의 근육들을 매번 쓰게 하여 손과 두뇌와 그 연결된 몸의 재주를 기능적으로 키워주었을 듯싶다. 그래서일까 젓가락을 오래전부터 써온 우리 민족은, 자랑스런 한류 문화를 세계의 방방곡곡에 펼쳐가고 있는 것은 아닐까.

밥상을 들여다보면 모두가 보름달같이 둥글다. 밥그릇에서 국그릇, 반찬 그릇과 장을 담은 종지까지 동글지 않은 것이 없다. 하지만 동그라미의 숟가락 옆에 유일하게 가로지른 일직선의 젓가락, 많은 원들 사이에 유일하게 직선으로 개입한 그것은 단순한 파격의 미(美)를 넘어 '젓가락의 미학'을 창조해 내고 있다.

예부터 숟가락과 젓가락은 찰떡궁합의 일심동체로 하여 부부, 곧 숟가락은 신부로, 젓가락은 신랑으로 상징되었다. 조선 시대에는 아이가 첫돌을 맞으면 밥그릇과 수저 한 벌을 마련해 주었는데, 이것은 삶의 시작을 의미했다고 한다. 그런가 하면, 죽음을 맞이한 나의 어머니가 저승으로 떠나실 때 수저 한 벌을 챙겨가신 걸로 미루어 수저는 삶의 시작과 끝을 같이하는 생의 동반자라고도 할 수 있겠다.

바늘과 실 같은 숟가락과 젓가락. 수저는 사람의 머릿수를 의미했는가 하면 생존 갈등의 원인도 되었고, 한편으로 세간 사람들의 신분을 차별 지었는가 하면 삶의 희로애락도 같이 겪으며 생과 죽음까지 동행했다.

수저의 삶을 돌아보면 생로병사를 겪어낸 나의 인생과 크게 다르지 않은 것 같다. 오히려 그것은 나보다 더 묵묵히 자신의 삶을 있는 그대로 받아들이며 승화시키지 않았을까.

짜고 맵고 달고 신 삶의 맛을 직접 혀로 맛보게 하는 숟가락과 젓가락은 하늘의 비와 바람과 해가 맺은 열매들을 내게 옮겨다 주지만 정작 자신은 아무것도 취하지 않는 무소유를 주장한다. 이승에서 평생 나를 먹여 살리며 생로병사를 같이 하다 끝내는 저승까지 먹여 살리려 품고 가는 수저가 아니던가.

태평양을 건너와 이역만리 타국에서 생을 영위해 가고 있지만, 신토불이 한국 토종인 나는 때마다 포크와 나이프 대신 숟가락과 젓가락을 사용해 밥을 먹는다. 고유의 밥상에서 섬세한 수저로 식사를 한다는 것은 얼마나 풍요롭고 우아한 삶을 누리는 은혜로움일까. 아무리 생각해 보아도 나는 자랑스러운 한국인임에 틀림이 없다 싶다.

열쇠

새벽 세 시, 우리는 남편의 차 앞에 서 있었다. 남편은 뒤적뒤적 자신의 자동차 열쇠를 찾기 시작했다. 바지 주머니에서 겉저고리로 트렁크의 자잘한 짐까지 차례차례 확인해 갔다. 하지만 한 시간이 지나도 나오지 않는 열쇠는 무언가 잘못되어 가고 있음을 말해주고 있었다. 마침내 우리는 문을 열지 못한 남편의 차를 그대로 둔 채 택시를 타고, 발길이 끊어져 창백해진 주차장을 벗어나 집에 도착했다.

남편과 나는 어수선한 엘에이 공항 검사대를 떠나 일주일간 덴버의 딸 집을 방문했었다. 딸과 보내는 시간이 즐거운 나머지, 덴버에서 마지막 행 비행기에 오른 것이 엘에이에 늦게 도착한 이유였다.

다음 날 눈 부신 해가 중천에 올랐을 때, 남편과 나는 차 열쇠 찾기에 온 하루를 보냈다. 서랍을 열자 서로의 몸을 기댄 채 꼿꼿이 앉아 있기도 하고 비스듬히 눕기도 한 온갖 열쇠들. 고집 센 바위 모양 우직해 보이는가 하면, 묘하고 아리송한 물음표 같기도 했다가 가파른 각으로 거칠게 잘려 나간 파격적인 모습도 보인다.

서랍 모서리를 살피니 클로버 잎을 닮은 작은 열쇠들이 엎드려 있다. '행복'을 뜻한다는 세 잎 클로버와 '행운'을 의미하는 네 잎 클로버를 닮은 열쇠들. 사람들은 네 잎 클로버의 행운을 잡기 위해 세 잎 클로버의 평상적인 행복을 등한시한다고 했던가. 절실하게 차 열쇠를 찾는 것처럼, 삶은 가까운 곳에 있는 작은 행복을 무심히 지나치다 그것을 잃었을 때야 비로소 그 중요함을 깨닫게 하는 것 같다.

열쇠들은 작달 만한 몸체로 앉아 있는가 하면 우람한 몸통으로 서 있고, 큰 키로 누워있는가 하면 나지막한 체고로 옆에 열쇠에 기대인 채 그 모습들이 제각각이다. 원의 부드러움과 직선의 딱딱함이 오가며 이음과 깎음을 온몸에 새긴 섬세한 조각품들. 반전에 반전을 거듭한 그것들은, 삶의 생김새처럼 그 모양이 천차만별이다.

안타깝게도 남편의 차 열쇠는 이틀을 찾았지만 집 안 어디에도 없었다. 기억을 더듬어 보니 딸의 집에 머무는 동안 그것을 본 적이 없던 것 같았다. 혹시나 해서 공항의 분실물 보관소에 문의했다. 놀랍게도 남편의 열쇠는 공항 분실물실에서 우리보다 더 느긋한 휴

가를 즐기고 있었다. 시공을 초월한 채 묵언 수행을 하고 있는 열쇠는 공항 분실물함에서 참선 삼매에 빠졌었나 보다.

생각해 보면 열쇠만큼 종요로운 물건이 또 있을까. 비행기나 자동차같이 모터로 작동되는 것들은 열쇠 없이는 시동조차 걸 수 없지 않은가. 녀석은 모터에 생명을 불어넣어 세상을 신나게 달리게 해주는가 하면, 한순간에 펄펄 살아 움직이는 생명을 순식간에 죽이기도 한다. 어찌 보면 지구촌을 하나의 세계로 연결하는 컴퓨터도, 열쇠의 역할인 pass word를 넣어야만 열리지 않는가.

마침내 공항 분실물에서 연락을 받은 우리는 남편의 차 열쇠를 찾아 그곳으로 나섰다. 이제 그것은 단순히 차의 문을 열어주고, 시동을 가능케 하는 딱딱한 열쇠라기보다, 가슴에 응어리져 풀지 못한 숙제를 풀어주는 해답 같았다. 아니 녀석은 처리해야 할 인생이나, 미처 해결 못 한 삶 모두를 손에 거머쥔 해결사인 듯도 했다.

생각해 보면 삶을 걷는 누구라도 비밀스러운 열쇠 하나쯤은 가슴 한구석에 품고 사는 것 같다. 마음의 문을 열 때도, 잠글 때도 그것이 필요하기 때문이다. 자신의 영혼을 세상 모든 이에게 열어 놓을지, 아니면 꼭꼭 잠가 둘 것인지, 혹은 안은 잠그고 바깥만 풀어 놓을 것인지, 반대로 겉만 잠근 뒤 가슴속은 열어 놓을지는 각자 선택의 몫 같다.

한편으로 자신의 욕망을 채우기 위해 세상의 힘든 문을 열고 어렵고 좁은 세간으로 들어갈지, 허무한 욕심을 정화시켜 넓고 편한 문을 택할 것인지는 각자의 삶의 철학과 가치관에 따라 다를 것이다. 영혼의 열쇠는 자신만의 우주를 열고 닫는 것이기에, 자기가 만드는 삶에 시작이기도 하고, 끝이기도 한 것 같다.

다행스럽게도 분실물 함에서 찾은 남편의 차 열쇠는 까만 가죽 쌈지 안에서 소리 없이 숨 쉬고 있었다. 둥근 머리를 어깨에 이고 긴 다리에 영혼을 새겨 자신만의 정체성을 역사처럼 새긴 그것은 자신이 잠근 차를 자기만의 힘으로 풀어야 했다. 그것은 누구도 대신할 수 없는 자신만의 삶의 몫을 감당해야 하는 우리네 인생을 닮았다. 답답한 나머지 나의 차 열쇠로 남편의 차를 열어보려 한 것은 실수였다. 내 열쇠 몸에 새겨진 문양과 정체성이 남편의 것과 전혀 다른 이물질이 아니던가. 열쇠는 자신의 잠금장치를 풀어 쉽고 긍정적으로 삶을 이어가기도 하지만, 때때로 맞지 않는 잠금장치와 마찰을 빚고 소통을 거부하며 부정적으로 흐르기도 하지 않았는가.

한 가정을 아우르는 남편과 아내도, 사랑을 시작할 때는 꼭 맞는 잠금장치와 열쇠의 조합으로 시작하지만, 세월이 흐르며 작은 불씨로 시작된 엇박자는 열쇠와 자물쇠의 불통같이 이어지는 것은 아닐까. 그런가 하면 짝이 맞던 열쇠도 삶에 상처받고 변질되면 미묘한 차이로 자물쇠와의 소통이 어려워지는 수가 있는데, 그것은 삶이 그렇듯 열쇠에는 긍정과 부정이 공존하기 때문이다.

이제 차 열쇠를 분실물 함에서 넘겨받아 차와 함께 주차장을 빠져나왔다. 주차 시킨 날의 표를 내보이자, 부과된 주차료가 비행기 표보다 비싸다.

실종된 열쇠로 눈앞에 차 문을 열지 못해 생긴 사건은, 내게 열쇠의 의미를 한층 소중하게 가르쳐주었다. 차의 문을 여는 것도, 인생의 문을 여는 것도 꼭 맞는 열쇠라야 제격이 아니겠는가. 오늘 하루, 지구촌 한구석의 답답함을 풀어주는 긍정적이고도 소중한 열쇠가 되었으면 하는 꿈을 꾼다.

그라지

차고 문을 열었다. 그라지에는 식솔들의 삶이 만든 아기자기한 흔적들이 여기저기에 정차되어 있었다. 그곳에는 식구들이 걸어온 인생의 길고 짧은 이야기들이 푸른 화석처럼 새겨진 채 추억들을 되새김질하고 있었다.

한쪽 구석에는 이제 성인이 된 큰딸의 빛바랜 초등학교 교과서들이 꼬깃꼬깃 쭈그려져진 채 앉아 있고, 그 옆으로 턱에 수시로 푸른 멍을 만들곤 했던 둘째 딸의 낡은 바이올린이 공주처럼 앉아 있다. 그 옆으로 산들바람을 좇으며 달려가던 아들의 자전거가 흐르는 세월에 지친 듯 몸을 벽에 기대고 섰다. 그런가 하면 언젠가 공사판에서 쓰여질 반짝이는 쇠 파이프들이 줄줄이 누워있고, 그 위로 뜯지 않은 하얀 전기 와이어들이 겹겹이 쌓인 채 때를 기다리고 있다. 그리고 반대편에 놓인 상자에는 금방이라도 밝은 빛을 만들 전구들이 서로의 몸을 밀고 당기며 몸싸움을 벌인다.

한편으로 생각해 보니 차고의 가슴에는 때로는 기쁘기도 슬프기도 하다, 때로는 화를 내는가 하면 즐겁기도 했던, 희로애락의 감성들이 큰 물결로 출렁댄다. 자세히 안을 둘러보면 기쁨으로 첫 아이를 싸안았던 포근한 담요가 낮잠을 자고 있고, 그 옆으로 돌아가신 어머니의 낡은 휠체어가 이승과 저승의 작별을 잊은 채 아쉬운 듯 앉아 있다. 반대편에는 화가 치밀어 오를 때면 쳐대던 아들의 샌드백이 숨을 죽이고 있는가 하면, 기운을 불어넣으면 금방이라도 환한 즐거움을 뿜어낼 하모니카가 모서리에서 미소를 짓고 있다.

언젠가부터 나는 차를 보관하는 공간인 그라지에, 과거와 현재 그리고 미래에 쓸 물건들을 갈무리하기 시작했다. 하지만 무엇이든 그라지에 넣곤 한 나의 게으름 탓에, 그곳은 발 디딜 틈도 없이 빽빽해졌다. 그리하여 꽉 찬 그라지 문을 열면 뒤죽박죽 엉킨 수많은 사연이, 세월의 순서를 무시된 채 뻥튀기 기계 속의 팝콘들처럼 마구 튀어나와 자신의 사연들을 털어놓기 시작했다.

삶을 엮여가듯 온갖 흥미로운 이야기보따리를 품고 있는 그라지. 처음에는 뭐든 품을 수 있어 넉넉해 보였지만, 포화상태가 되면서 한계에 부딪히자 그곳은 한 발짝도 들일 수 없을 만큼 인색해졌다.

그리하여 더 이상 물건을 보관할 그라지의 공간이 없어지자, 집

안은 하루하루 삶의 군더더기가 쌓여, 언젠가 쓸 수 있을 버리기 아까운 물건들은 정착할 곳을 잃고 빈구석에 겹겹이 얹어졌다.

과거의 역사와 살아 있는 역사 사이에 교통정리가 절실했다. 과거에서 탈피하여 현실로 그리고 미래로 걸음을 옮겨야 하기 때문이다. 지난 세월의 흔적들을 비워내고, 매일 쓰나미같이 밀려오는 삶의 부스러기들을 그라지에 옮겨 놓기로 마음먹었다.

하늘의 허공이 모든 것을 품을 수 있듯이, 비운다는 것은 모든 것을 채울 수 있음을 의미하지 않을까. 어쩌면 채워짐과 비워짐은 칼날의 양면같이 한 몸인 듯도 싶다. 그러기에 동양화의 여백도 채워진 푸른 숲의 풍경과 함께 그림의 일부로 간주되지 않는가.

삶이란, 그라지에 차가 잠시 멈추어 있다 언젠가 떠나는 것 같은 그런 것이 아닐까. 그것은 마치 새로운 계절의 싱그러운 잎을 위해, 무성했던 지난해의 잎들이 사라지며 여백을 만들어 주는 이치와 같다. 인류의 역사도 존재하는 것과 사라지는 것이 되풀이되며 이어져 오지는 않았을까.

오늘 아침, 떠오르는 붉은 해를 마주하다, 가슴에 온갖 삶을 품은 탓으로 정지된 채 미동도 못 하고 서 있는 그라지가 눈에 들어왔다. 그러다 어쩌면 그라지는 나를 닮았는지도 모른다는 생각이 들었다.

어제와 오늘과 미래의 세 시제에 다리를 걸친 채, 갖가지 희로애락의 감성이 포화상태로 채워져 숨이 멎을 듯 박혀 있는 그라지는 바로 나 자신이 아닌가.

오해와 집착, 아집과 애증이 만든 여러 부정적인 감정들이 마구 엉켜 이러지도 저러지도 못하다, 끝내는 더 이상 발을 디딜 수 없이 정지된 차고가 되어 세상 한가운데에 무기력하게 서 있는 나. 새 계절을 맞으며 마음에 남은 어제의 찌꺼기를, 내일을 위해 정갈하게 비워내며 정화해야겠다. 제거해야 할 불순물이 너무도 많은 내가 아니던가. 정화의 불이 점화되면 시간이 지남에 따라 그 불길은 삽시간에 커지고 거세지며 속도 또한 가속화될 듯싶다. 검붉게 타오를 아집과 편견 그리고 헤아릴 수 없이 많은 부정적인 생각들. 하지만 한바탕의 거대한 소각이 끝나면, 정화되며 생긴 빈 여백은 그 어느 때보다 맑고 투명하리라.

마음을 비운다는 것은, '작은 나' 에서 '큰 나'로 탈바꿈하며 영적으로 숙성되어지는 것이다. 내 혼이 작은 나를 비워내 허공과 같아지면 세상에 품지 못할 것이 무엇이 있을까. 가슴을 허공같이 비워 내 주변 모두를 품을 수 있는 것은 아마도, 빈 공간의 너그러움 때문일 듯도 싶다.

영혼의 그라지가 깨끗하고 맑게 비우고 나면 그곳에 넉넉한 선반을 달아야겠다. 그 선반 위에 '이해의 상자' '소통의 상자' 또 '사랑의 상자' 등 영혼이 따뜻해지는 상자들을 진열해 놓고 싶다. 그리하여 산골 옹달샘에서 솟는 끊이지 않는 샘물처럼, 내 가슴의 그라지에도 끊어지지 않는 포근한 사랑이 넘쳤으면 좋겠다.

멀지 않은 언젠가, 내 영혼의 그라지에서는 새로운 역사가 시작될 것 같다.

사닥다리

우체국 빌딩 옆 사닥다리 하나가 눈에 띈다. 옆 건물 지붕을 고치려고 가져다 놓은 모양이다. 검은 벽에 며칠째 서 있는 사다리 계단들은 마치 순서대로 세워진 끝없는 꿈 같다. 한 계단씩 오르면 하늘 끝까지 닿을 듯 까마득히 길어 보인다.

사닥다리를 바라보다 나는 문득 푸른 하늘을 이은 그것을 통해 신비한 세계로 끌려 들어간다. 하늘 계단에 오른 내 영혼은, 창공에 누워 향긋한 하늘 냄새에 도취하는가 하면 봄볕에 물든 수줍은 구름도 만져보았다. 한동안 신선하고도 포근한 하늘에 취한 내 혼은, 연둣빛 싱그러움으로 마냥 풋풋해진다. 사파이어 빛 하늘 한편을 환상으로나마 맛보게 해준 사닥다리. 그것은 보이지 않는 미지의 세계로 나를 인도해 무한한 자유와 신선한 일탈을 맛보게 하였다.

사다리는 높은 곳이나 낮은 곳을 오르내릴 때 디딜 수 있도록 만든 기구이다. 그것은 삶에 많은 도움을 주기도 하지만, 때로는 인생을 위태롭게 만들기도 한다. 양날의 검 같은 도구, 높은 산 암벽 사이를 이어주는 생명줄이나 공간을 연결해주는 데 꼭 필요한 디딤돌 같은 사다리가 있는가 하면 위험한 곳을 향해 헛된 욕망들로 채워진 멸망의 사다리도 있기 때문이다.

삶 속의 사닥다리는 생의 위치를 변경시켜 준다. 그러기에 밝은 미래를 향해 정직한 계단을 순서대로 올라가는 생이 있는가 하면, 누군가는 그것을 이용해 자신의 보잘것없는 신분에서 탈출하는 도피의 수단으로도 쓴다. 이때 사다리는 황당한 신분 세탁의 다리가 되기도 한다. 게다가 신분 탈출의 달콤함에 눈이 멀어 사다리 계단을 턱없이 넘겨 뛰다 보면 오히려 더 깊은 추락의 위험을 초래할 수 있다. 삶의 사다리에는 이처럼 상승과 추락이 동시에 숨 쉬고 있는 까닭이다.

비스듬히 몸을 벽에 기댄 사다리는 인생을 닮았다. 세상 사람들이 서로 기대고 의지하며 삶을 이루듯, 사다리도 바르게 서 있으려면 반대편에서 그 몸을 지탱해 주어야 한다.

삶을 닮은 사다리, 그것은 사람의 인(人)자같이 한쪽에 버팀목이 있어야 제구실을 한다.

만약 서로를 지지해 주던 사다리의 벌어진 틈새로 두 가슴이 차갑게 단절되었다면, 둘 사이에는 따뜻하게 이어주는 혼의 사다리가 필요할 듯싶다. 이해라는 계단을 하나씩 오르다 보면 두 영혼은 어딘가에서 만나게 되고 마침내 소통의 장이 열리기 때문이다. 대화의 장이 펼쳐져 온아하게 보듬어진 얼의 계단에서는 지지 않는 희망과 포근한 사랑이 넘칠 것 같다. 바라건대 사람과 사람 사이마다 다정한 혼의 사다리가 이어져 막힘없이 소통되는 행복한 세상이 되었으면 좋겠다.

낮은 곳에서 높은 곳으로 옮겨주는 도구가 사다리라면, 한군데 고정된 채 사람을 아래층에서 위층으로 이동시켜 주는 에스컬레이터와 엘리베이터도 넓은 의미로는 사다리라고 할 수 있겠다. 그리 보면 산을 오르기 좋게 만든 계단도 고정된 사닥다리라고 할 수 있겠다. 상상의 사닥다리, 영혼의 사다리 그리고 여러 다른 종류의 사다리를 보면, 세상은 온통 사닥다리로 이어진 것 같다.

어쩌면 우리네 삶은 사닥다리 타기인지도 모른다. 그것이 마지막 닿는 곳이 삶의 목적이라면, 그것을 오르는 계단 마다가 삶의 과정이라고도 할 수 있겠다. 삶이 힘든 것은 사닥다리같이 좁고 힘든 인생길을 온 힘을 다해 올라가야 하기 때문이리라. 삶의 사다리가 어디를 향해 있고, 어떻게 오르느냐는 각자의 가치관과 인생관에 따라 달라질 듯싶다.

올라가면 내려와야 하는 사다리는, 처음과 끝이 만나는 둥근 원(圓)을 닮았다. 제일 낮은 계단에서 시작해 사다리의 제일 높은 끝에 닿으면 다시 하강해서 땅을 밟아야 하는 이유이다. 그리 보면 사다리에는 직선적인 요소와 곡선적인 요소가 동시에 내포되어 있다. 삶을 닮은 사다리이기에 딱딱한 원칙의 직선과 융통성 있는 곡선이 만나게 되는가 보다.

젊을 때의 사다리가 계단을 순서대로 오르는 원칙을 고수한 직선에 가깝다면, 나이 들어 그것에서 내려올 때는 부드럽고 융통성 있는 곡선의 생리를 가진 것 같다. 사람이 나이를 먹고 깊어질수록 삶에 대한 이해가 넓어지고 융통성이 많아지는 것은, 사다리의 곡선을 닮았기 때문이 아닐까. 강직하고 딱딱한 직선과 달리 자연을 닮은 곡선에는 원만함과 융통성이 내재되어 있다.

어쩌면 인생은, 허공의 사다리 같은 야망의 층계를 꿈같이 오르다 그것을 비워내며 하나씩 내려오는 것인지도 모르겠다.

젊었을 때의 사다리가 꿈과 욕망을 좇아 하늘을 향해 오르는 것이라면, 나이 들었을 때의 사다리는 철이 들면서 높았던 야망을 한 계단씩 비우며 땅으로 내려오는 것과 같다. 물질과 욕심으로 물들었던 영혼이 발효 숙성되며 깨달음의 세계인 피안으로 땅에 발을 내딛는 것이다.

나이를 한 살씩 더해가며 한 계단씩 내려오게 되는 욕망의 사다리가 허황된 계단을 모두 내려와 더 낮아질 수 없는 곳에 닿아야 마음의 평안을 얻게 되는 것은 이 때문이다. 어쩌면 허공에 떠 있던 욕망은 잠시 공중에 드리웠던 헛된 사다리 계단 같은 것이 아닐까. 사닥다리 중간 어디쯤 주춤해 있는 나도, 오늘은 내 삶의 계단을 다시 한번 점검해 보아야 할까 보다.

선풍기

여름이 절절 끓는다. 오랜만에 선풍기 한 대를 샀다. 에어컨이 작동은 하지만 찬바람을 회전시켜 주어야 주변이 쉽게 시원해지고 에너지 낭비도 덜 될 것 같아서다.

반짝이는 잠자리 날개로 투명한 바람을 일으키며 자신과 주변 공기를 순환시키는 선풍기, 스위치를 연결하자 날개와 온몸으로 쉴 새 없이 원을 그리며 회전운동을 되풀이한다.

흔들리지 않고 피지 않는 꽃이 없다는 어느 시인의 시구처럼, 세상에 돌지 않는 것이 존재할까. 지구는 자신의 몸을 회전시켜 하루를 지어내고, 주황빛 해를 성실하게 공전하며 한 해를 만드는가 하면, 낭만을 노래하는 밤하늘의 달도 지구별을 돌아 한 달이라는 시간을 생산해 내지 않는가.

세상도 선풍기의 날개같이 돌고 돌아간다. 세간에 통용되는 '돈'이라는 단어도 가치의 척도인 지폐가 세상을 돌고 돌며 만들어진 것은 아닐까. 그런가 하면 자연도 강물이 바다로 이어지며 푸른 구름과 달콤한 단비로 몸을 변화시켜 나투며 돌고 돌아 순환되는가 하면, 풋풋한 사랑도 따뜻한 감성이 영혼을 애틋하게 돌아야 꽃을 피우는 것 아닐까. 선풍기 바람같이 돌고 도는 세상은 금수저의 인생을 흙수저의 삶으로 바꾸기도 하고, 험난한 세상을 새로운 희망의 세간으로 바꾸어 놓기도 한다.

지구별을 닮은 선풍기는 팬을 돌리는 자전과, 주변을 회전하는 공전을 한다. 쉬지 않고 움직이는 선풍기 바람처럼 회오리쳐 돌고 돌며 한곳에 머무르지 않은 것이 바람의 생리이다. 그러기에 좋은 의도로 달래어 쓰면 세상을 시원하고 상쾌하게 살리기도 하지만, 준비 없이 급하게 몰려지면 허리케인같이 세상을 죽일 수도 있는 날카로운 바람으로 세상을 뒤집어 놓는다.

바람을 닮은 시대를 지배하던 원칙도, 흐르고 흘러 무의미해지는 것을 보면, 세상에서 더 이상의 고정된 관념이나 절대적인 개념은 존재하지 않는 듯싶다. 바람이 쉬지 않고 자취를 옮겨가듯, 삼라만상의 모든 것은 변하기 때문이리라. 입체적인 바람을 뿜어내며 온몸을 싱그러운 바람으로 채워 주는 선풍기 앞에 서자 삶의 철학들이 마구 쏟아져 나오는 것 같다.

여름은 선풍기의 계절이다. 삶의 열기를 달래줄 청량한 바람이 절실하기 때문이다. 청빛 바닷바람을 가슴 깊은 곳에서 뿜어내는 선풍기. 그것은 향방을 가리지 않고 소신대로 자신의 길을 꿋꿋이 가고 있다.

온몸을 휘감는 바람에 영혼까지 시원해지자, 문득 나도 선풍기의 푸르고 청량한 바람이 되고 싶어진다. 가슴속에 울혈된 나만의 고정관념과 아집을 깨끗이 날려버리고, 순화된 영혼으로 주변과 소통하는 신선한 바람이고 싶다.

오늘의 뜨겁고 힘든 바람이 흘러가면, 내일은 새롭고 신선한 바람이 불어올 것이기에, 삶은 여름 태양의 열정처럼 뜨거워만 지는 것 같다. 세상은 간단없이 돌고 도는 선풍기의 바람 같은 것이기에 인생은 참고 살아볼 만한 가치가 있지 않을까.

실

구슬이 도르르 굴러떨어진다. 드레스의 맨 위의 구슬 하나가 떨어지자 도미노 현상처럼 그 아래 구슬들이 줄줄이 떨어진다. 마치 가을바람에 나뭇잎 하나가 삶을 떨구자, 다른 잎들이 연이어 생을 마감하는 모양 같다.

옷을 둘러보며 풀어진 실들을 찬찬히 살핀다. 울컥했던 감정이 세상과 부딪치다 생긴 열상 같기도 하고, 풀리지 않는 갈등을 팽팽히 버티다 절단된 모습 같기도 하다. 밝은 빛 아래 생긴 짙은 그림자처럼, 떨어져 나간 구슬 밑에 엉킨 실들은 화려한 구슬과는 상반된 모습으로 그 행색이 초라하다.

가는 실로 훼손된 드레스를 수선한다. 부러진 꽃을 세우기도 하고, 끊어진 초록 줄기를 잇기도 하며 드레스에 새겨진 화사한 꿈을 재생시켜 간다. 드레스의 구슬을 실로 수놓아 가는 것처럼, 어쩌면 인생도 제한된 세월 속에서 한없는 꿈을 수놓다가 사라지는 것인지도 모른다. 수선을 끝낸 드레스는 전선 줄 같은 실이 구슬 끝마다 삶을 연결했던지, 옷 전체에 생기가 돈다.

한 땀 한 땀 바느질을 해가는 실은 시계를 닮았다. 시계 속의 초침이 일 초 일 초 세월을 걸어가듯, 실도 한 땀 한 땀 옷을 바느질해 나간다. 삶이 매일매일 한 걸음씩 걸어 나가는 것이라면, 실도 바늘과 함께 한 땀 한 땀씩 세월을 수놓아 가는 것은 아닐까.

수선을 마친 드레스를 옷걸이에 걸었다. 온몸을 맵시 있는 구슬로 치장한 드레스는 제법 화려해 보였다. 구슬과 실은 무슨 인연으로 서로를 의지하며 세상에 얼굴을 내보이고 있는 것일까. 사람과 사람 사이에서처럼 그것들은 우연 같은 필연으로 삶 속에서 만난 것은 아닐까.

윗실을 잡아당기면 밑의 실이 팽팽히 당겨지듯, 원인인 '인'과 결과의 '연'이 이어지며 만들어진 인연. 緣은 원래 '줄'이라는 뜻에서 시작되었고, 인연의 뜻은 서로의 연결이다. 과거로부터 이어져 현재와 미래를 연결하는 보이지 않는 인연이라는 실. 반짝이는 구슬을 물고 있는 드레스의 실처럼, 삶이란 인연이라는 묘한 매력에 매료되어 함께 인생을 걷고 있는지도 모른다. 생각해 보면 삶은 거미줄의 그물처럼 수많은 인연이라는 실이 모여 만들어진 것일 듯도 싶다.

어느 날 곱게 수선하여 옷걸이에 걸어 둔 드레스가 양초 위로 떨어지면서 모서리의 구슬이 뜯겨져 나갔다. 다행스럽게도 구슬은 양초 심지에 그대로 박혀 있었다. 양초에 박힌 구슬을 어렵게 꺼내며, 초 가운데의 심지가 실로 만들어졌다는 것을 발견했다. 어찌하여 실은 양초 한가운데에 자리 잡고 있는 것일까. 가늘고 여린 실은 양초의 명줄이며, 어두운 세상을 밝히는 눈이 아니던가. 그것은 현란한 빛으로 어둠을 깨우는가 하면, 세상을 까만 암흑으로 덮기도 했다. 빛의 시초이며 마지막인 실. 그래서 돌잡이 아기가 돌상에서 실타래를 잡으면 명줄이 길고 건강하다고 하였을까.

드레스에서 떨어진 구슬을 달려고 바늘에 실을 꿰었다. 바늘과 실이 하나이듯 삶에서도 지어미와 지아비가 인생을 함께 바느질해 나가려면 둘은 바늘과 실처럼 하나의 영혼이 되어 거친 세상을 헤쳐나가야 하리라. 삶의 흐름도 바늘 가는 데 실 가듯, 깊은 절망 끝에는 밝은 희망이 이어져 있는 것 같다.

정월 대 보름날, 활기찬 실이 창공을 오른다. 겨울 된바람 속 가오리연을 머리에 얹은 연실이다. 거친듯싶지만 작은 신경세포같이 섬세하고 예민한 실. 매운바람이 격한 자극을 불어넣자 실은 몸통을 요동치며 허공에서 한바탕 야단법석을 떤다. 하늘을 바다인 양 힘차게 헤엄쳐 오르는 가오리연 실, 그것은 하늘과 땅을 잇고 있다. 하지만 달의 몸이 만삭으로 차는 정월 대보름이면, 연실은 땅의 근심 걱정 모두를 떠안고 세상 밖으로 사라진다. 묵은해의 괴로움과 액운을 모두 안고, 새해의 새로운 복을 하늘로부터 내려받기 위해서다. 가오리 연실에는 삶의 길흉화복이 내포되어 있었나 보다.

실은 삶의 화와 복을 품고 있을 뿐만 아니라, 인생길을 헤쳐나갈 모든 요소가 숨 쉬고 있다. 한여름을 이겨 나갈 삼베 실에는 더위와 마주할 차가움이 서렸는가 하면, 세찬 바람의 방패막인 겨울 털실에는 따뜻함이 품어져 있다. 또 윤기가 흐르고 고운 실크 실에는 봄바람 속 벚꽃 잎 같은 연약함이 있고, 나룻배를 묶는 밧줄 같은 실에는 억세고 질긴 강기도 있다. 이렇게 실에는 온갖 삶을 이겨나갈 방패막이 무장되어 있는가 하면 포근한 삶의 요소들도 숨 쉬고 있다.

어찌 보면 세상은 '실'로 이어졌는지도 모른다. 세간을 움직이는 보이는 실과, 사람과 사람의 영혼을 잇고 세상과 연결되어 끊을 수 없이 복합적인 보이지 않은 실 들. 사람들은 보이는 실에만 신경을 쓰지만, 실제의 세상은 보이지 않는 실로 더 활발히 순환되고 있는 것 같다. 그래서 어린 왕자도 삶에는 보이지 않는 것들이 훨씬 중요하다고 했을까?

한 땀 한 땀 수놓은 삶의 드레스를 입고 거울 앞에서 조용히 인생을 되돌아본다. 오늘 아침, 실 하나가 내게 새삼 삶의 이치를 가르치고 있다.

옷장

오늘도 정리 정돈과 버리기를 시작한다. 눈만 뜨면 되풀이되는 일과다. 옷장을 열고 오래된 옷과 짐 가운데 간직할 것과 버릴 것으로 나누어, 쓰지 않을 것들을 도네이션 백에 넣는다. 헌 물건들은 흐르는 물처럼, 자선 단체를 통해 언젠가 누군가에게 도움을 주게 되리라.

추억이 담긴 옛 사진을 하나씩 들여다보듯, 옷들을 꺼내 하나씩 입어본다. 몇 해 전까지 잘 맞던 블라우스의 앞 단추가 채워지지 않는다. 세월 속에 탐욕과 욕심으로 몸이 불은 탓일까. 그런가 하면 소우주의 윗부분과 아랫부분을 이으며 교량 역할을 하던 허리도, 신세대에 밀려난 구세대같이 균형을 잃었다. 게다가 엎친 데 덮친 격으로 불량한 뱃살과 절제 못 한 나잇살까지 더해지며, 옷이 상체에서 하체로 내려가지를 않는다. 두꺼워진 허리는 아날로그 세상에서 디지털 세계로 옮겨가지 못하는 내 영혼처럼 소통과 연결을 힘들게 했다.

서른 개 이상의 커다란 도네이션 백이 채워지자, 마침내 옷장은 비워졌다. 삶이 그렇듯, 옷장의 많은 옷에는 네 계절이 춤추고 있었다. 그것에는 꽃 피는 봄과 푸른 여름이 있는가 하면, 낙엽 흐느끼는 가을과 눈꽃 피어나는 겨울이 숨을 쉬고 있었다.

네 계절은 자주 유통되었는데 내가 사는 캘리포니아 사막에서는 하루에도 수시로 네 절기가 오고 가기에, 옷장 안은 언제나 분주했다. 그런 까닭으로 옷장 안에서는 각기 다른 삶들이 펼쳐졌다. 꽉 찬 연극무대 같던 옷들의 향연, 그것들은 내가 걸어온 서로 다른 삶의 모습으로 야단법석을 이루었다. 조카 결혼식 때 입던 나비 같이 하늘하늘한 한복이며 친구 장례식 때 입던 침침한 검정 빛 옷, 작업할 때 입던 헐고 남루한 옷들이 내가 되어 서 있다. 모자라기도 하고 어설프기도 하지만 아기자기했던 나의 삶. 어쩌면 삶은, 옷과 내가 만든 찰나의 팬터마임들이 이어져 탄생된 것은 아닐까.

삶을 동반하며 내가 누구인지를 드러내 보여주던 옷은 나의 분신이었다. 그것은 나의 신분과 인품을 보여주는 또 다른 나였고, 나는 그것에 나를 맞추며 동일화되어 순간을 살아왔다.

사람 모양의 마네킹에 인조 조명으로 혼을 불어넣으면 마네킹이 새 생명을 얻은 듯 보이듯, 옷장 안에 불을 켜자 나의 지난 삶들이 다시 살아나는 것만 같았다. 옷이 날개라는데, 나는 이 날개들을 달고 얼마나 분주하고 다양하게 세상을 날아다녔을까. 지난 삶이 주마등처럼 스쳐 가며, 험한 세상 속에서 나를 날게 해준 때 묻고 정든 옷들이 애틋해진다. 그리고 지나간 세월의 흔적을 지우고 버려야만 하는 생명체의 한계가 슬픈 강물처럼 흘러내린다.

이제 텅 빈 옷장은 허공이 되어 침묵하고 있다. 이제 온갖 삶이 자취를 감추자 휑한 벽만 남은 옷장은, 화려하고 무성하던 여름 잎이 사라지고 눈 덮인 하얀 겨울이 된 듯하다. 무한대의 우주와 연결된 빈 옷장, 아무 말도 하지 않지만 어쩌면 수많은 언어를 뱉어내고 있는지도 모른다. 아마도 그것은, 세월이 흐르며 내 육신이 달라지듯 세간의 모든 실체는 쉬지 않고 변하는 것이라고 얘기하고 있는 것은 아닐까. 그런 까닭에 모든 실체는 머무름 없이 흐르는 것이고 삶은 순간의 연속으로, 한낮의 꿈같은 것이라고 말하고 있는 듯도 싶다.

광활한 하늘과 통한 옷장에는 머지않아 구름과 달과 태양이 뜨게 되리라. 그리하여 그것은 낮의 밝음과 밤의 어두움을 품게 되리라. 밝은 희망과 선, 밤의 어두움을 간직하게 될 옷장, 활짝 열린 그것은 밝음과 어두움 그리고 선과 악을 품은 작은 우주로 변하리라.

어찌 보면 옷장은 나의 마음을 닮았는지도 모른다. 삶의 모든 것을 품을 수 있지만, 어느 날 비워지면 품었던 존재조차 사라지는 옷장, 그것은 온갖 삶과 삼라만상을 품을 수 있지만 비우려 들면 찰나에 비울 수 있는 내 마음과도 흡사하지 않을까.

영혼의 비움과 채움. 둘은 썰물과 밀물처럼 한 몸이기에 비워짐은 또 다른 채워짐을 의미할 것도 같다. 그래서일까, 자기만의 이기적인 잣대와 이웃을 평가하는 부정적인 마음의 눈을 비우면, 그곳에는 너와 나를 분별 짓지 않는 자유로움과 풍성한 여유로움이 물밀듯이 채워질 듯싶다.

이제 삶이 담겼던 옷장에서 쓸모없는 것들을 비워내듯, 생에 필요 없고 독이 되는 사념들을 매 순간 마음에서 지워 내리라. 아집과 아만, 집착과 욕심 그리고 오만과 편견을 제거해 버리면, 마음은 소박하고도 담백한 평화와 걸리지 않는 바람 같은 편안함으로 풍요로워지리라.

창살

창틀을 맞추었다. 헌것을 떼어내고 새것으로 교체하기 위해서다. 녹슨 세월의 값이라도 받아내려는 보상심리 때문이었을까. 시간의 더께와 함께 삭아버린 창의 녹물과 벽을 분리시키는 것은 보통 일이 아니었다. 처지고 휘어져 불구가 된 낡은 창이 온몸을 다해 항거했기 때문이다.

버둥대는 창은 힘겹게 떼어냈지만, 새것을 달기 위해 벽에 못을 박는 일도 만만치 않았다. 일체의 소통이 차단된 스타코 벽에 여러 번 사정하듯 매달렸지만, 벽은 앙칼진 소리로 몇 번이나 거절했다. 거듭된 시도 끝에 벌어진 틈새 사이를 순간적으로 공격하며 새 창을 겨우 고정시켰다.

가위를 닮은 창살에 다가선다. 가위가 두 장의 얇은 금속 날을 엇갈리게 해 나사로 엮어졌다면, 창살도 가로와 세로가 만나 격자무늬를 이루었다. 물건을 자를 때의 가위처럼, 창살도 불어오는 바람을 자를 때는 나름의 소리를 낸다. 사르륵사르륵, 세상을 가위질 하는 소리다. 그것은 세상의 밖과 안을 가르고 세간에 얽힌 나와 주변을 잘라내며 서글픈 울음소리를 낸다.

가만히 바라보니 창살은 마치 안경 같다. 안경의 테처럼 창살에도 네모난 테두리가 있다. 사각 테의 창을 통해 우리가 세상 밖의 사물을 볼 수 있다면, 가슴속의 창살은 내 속에 숨 쉬는 영혼에 투사되어 삶을 돌아보게 한다. 눈과 거리를 둔 안경처럼, 내 영혼의 창살은 세상과 조금 떨어진 곳에 서서 나를 사유시키고 성찰하게 하기 때문이리라. 나만이 볼 수 있는 가슴속의 창살. 내가 세상을 차단한 것인지, 아니면 세상으로부터 내가 차단된 것인지 영혼의 창을 통해 삶을 반성하고 반추해 보아야 할 것 같다.

창살은 감옥인지도 모른다. 주변에 바리게이트를 쳐 몸의 자유를 막는가 하면, 가슴 깊은 곳에 창살을 만들기도 하여 영혼을 가두고 괴롭힌다. 세상의 무엇도 내 영혼을 어쩌지 못하지만, 나를 가둘 수 있는 것은 마음속의 창살뿐이다. 그러기에 내가 만든 뾰족한 창살의 감옥 열쇠는 나만이 가지고 있다. 내가 때때로 불행해지는 이유는 감옥의 열쇠가 나의 '안'이 아닌 '밖'에 있다는 착각 때문일 듯도 싶다.

창살은 밖과 안을 가로지르는 울타리인 듯싶기도 하다. 그것은 안에서 밖으로 났지만, 어쩌면 밖에서 안으로 둘러친 것 같기도 하다. 우리는 안에서 밖을 보며 감옥 같다고도 하고, 밖에서 안으로 못 들어가니 갇혔다고도 한다. 삶이 그렇듯, 보는 관점에 따라 사고방식이 정반대되는 것은 창살의 아이러니다.

쇠창살에는 불꽃의 숨결이 숨 쉬고 있다. 사철이나 석철은 뜨거운 불꽃 속에서 정련되며 탄생되어, 창살에 꽃을 피우고 새로운 잎을 틔우기도 한다. 창살은 불에 의해 뜨겁게 살아나는가 하면, 삶이 끊어지며 차가운 미라로 굳어지기도 한다. 아마도 타오르는 불꽃은 창살의 숨결이며 생명인지도 모르겠다. 우리의 삶처럼 그것에 생명이 불어넣어지면 열정과 생동감으로 힘이 넘치다가도 죽음을 맞으며 차갑게 식어간다. 인생을 닮은 창살에는 뜨거움과 차가움 그리고 부드러움과 강직함 모두가 존재하는 것 같다.

헤아려보면 창살은 불꽃 속에 태어나 바람과 함께 삶을 걷는 존재이다. 샛바람, 하늬바람, 마파람, 된바람의 사철 바람과 마주해 살을 맞대고 순간을 나누며 삶을 이어간다. 온갖 세상 바람을 몸으로 겪어내는 창살. 삶이 세상 바람을 모두 견뎌내야 하듯, 창살 역시 온갖 세간 바람을 감당해야 제 몫을 한다. 힘들게 태어나 자신을 비우고 세상에 소임을 다하며 자신의 인생을 숙성시켜 가는 것은 창살이 삶을 닮았기 때문이리라.

사람의 가슴에 거짓말 탐지기 하나씩이 들어 있듯, 누구나의 영혼 마다에는 방어의 창살이 하나씩은 숨겨져 있는 것 같다. 모르는 사람을 만나면 자신도 모르게 둘러치는 수비의 창살들, 처음에는 뾰족한 날카로움으로 자신을 방비한다. 그러다 서로의 영혼이 열리면서 그 창살이 조금씩 거두어지는지도 모른다.

세상에는 보이지 않는 창살들이 수없이 존재한다. 게을러서인지 나는 아직도 미국 시민권자가 아닌 영주권자다. 해외여행 때마다 꼼꼼한 남편이 둘의 여권과 비자를 세심하게 챙겼건만, 사건이 생긴 그 해는 나 혼자만의 여행이 문제였다. 고국에서 열릴 여고 동창회의 기념식 때문이었다.

여행 준비로 들뜬 탓에 그만 영주권을 미국에 남겨 놓은 채 고국을 향해 출발하고 말았다. 뒤늦게 나의 실수를 알아챘지만 수습하기에는 이미 늦었다. 미국에 도착하자 서류가 미비한 불법 체류자 신세가 되어 이민국에서 한 발자국도 나갈 수가 없었다. 남편이 영주권을 가져올 때까지, 몇 시간이고 꼼짝없이 발이 묶인 채 힘겨운 기다림을 보냈다. 그날 영주권이라는 창살에 갇혀 나는 40년을 넘게 미국에서 살았지만 낯선 이방인일 뿐이었고, 나를 보호했던 영주권은 자유를 구금시키는 날카로운 창살로 변했었다.

생각해 보면 보이지 않는 창살은 우리 삶의 주변 여기저기에 널려 있는 것 같다. 문턱이 높아 쉽게 들어설 수 없는 사회 곳곳의 창구들이 혹시 넘기 어려운 창살을 세워 힘없는 민초들을 얽어매는 것은 아닐까. 세상 사람들은 이 보이지 않는 창살들에 둘러싸여 정신없이 세월 속에 흘러가고 있는지도 모르겠다.

잡히지 않는 허공 같아 다치지도, 무너지지도 않는 영혼 속에 나는 언제부터인가 창살들을 세우기 시작했나 보다. 그리하여 처음 출발은 창살로부터 보호받는 존재였지만, 차츰 그 숫자가 늘자 서서히 그것에 의해 갇히는 신세가 된 듯싶다.

비어있는 허공처럼 혼이 만든 창살들은 어쩌면 영혼 속에 존재하는 나만의 허상인지도 모른다. 제한된 시간 속에서 내가 만든 혼의 창살에 갇혀 인생을 허비하기에는 삶이 너무 아름답고 사랑할 것이 많음을 깨닫는다.

영혼을 메운 부정적인 창살을 하나씩 없애 간다면 내 삶은 훨씬 자유로워지고 넉넉해질 듯도 싶다. 그리하여야 비로소 내 영혼이 자신을 평화롭게 하고, 온 누리를 넓고 푸근하게 품을 수 있을 것이리라.

베큠 청소기

떨어진 부스러기들을 게걸스레 먹어댄다. 소란스런 소리를 내며 먹이를 흡입하는 녀석은 배가 무척 고팠나 보다. 개미가 먹이를 주변에서 부지런히 끌어모아 간직하듯, 놈은 폭풍같이 흡입한 지저깨비들을 내장 깊이 간직하리라. 바닥에 떨어져 갈 길을 잃은 물건들을 가리지 않고 포용해 자신의 몸에 잠시라도 품어준 베큠 청소기는 생각보다 아량이 넓은 것 같다.

어느 날의 오후였다. 싱그럽던 화초가 갈증을 느끼다 못해 온몸이 축 처진 채 늘어져 있었다. 싱그러움을 즐기기만 한 나의 게으름을 탓하며 화초에 물을 주려는데, 화분을 야무지게 잡지 못해서인가 별안간 화분이 뒤집어지며 흙이 와르르 바닥에 쏟아졌다. 서둘러 베큠 청소기를 가지고 왔다. 묵직한 베큠은 카펫 깊숙이 얼굴을 묻고 커다란 입으로 순식간에 흙 부스러기를 흡입해 카펫이 눈 깜짝할 사이에 깨끗해졌다.

생각해 보면 베큠 청소기는 청소할 때 쓰는 빗자루가 변해서 됐다고도 볼 수 있겠다. 빗살들이 모여 생긴 빗자루에는, 어쩌면 수많은 비의 입자가 엮어져 있는지도 모른다. 푸른 하늘에서 갈색 땅으로 떨어지며 오염된 허공을 순수한 자신의 몸으로 깨끗이 씻는 빗방울들. 눈에 보이지는 않지만 혼탁한 허공을 맑게 정화시키는 비가 모여 빗자루가 되었고, 그리고 그것이 진화되어 베큠이 되었으니 녀석은 뼛속부터 청소를 목적으로 탄생 되지 않았을까.

갈빛 밭을 갈면 생기는 고랑같이, 베큠 청소기가 지나간 자리 끝에는 의미 있는 글자가 생겨난다. 그것이 거쳐 지나간 자리마다 갈 '之'의 문자가 새겨지는 것이다. 갈 之의 뜻은 '걸어가다' 또는 '변하여 가다'이다. 녀석이 삶에서 버려진 쓰레기들을 흡입하며 깨끗한 카펫에 글자를 새긴 이유는, 아마도 정화된 생의 순간마다 좋은 변화를 만들어 삶을 의미 있게 걸어가라는 뜻이 아닐까.

문어는 베큠 청소기를 닮았다. 녀석은 푸른 바다의 연안과 깊은 해저에서 발견되는 수상 동물이다. 자신이 감당할 수만 있다면 가리지 않고 먹이를 먹어 치우는 문어는, 여러 개의 팔을 보자기같이 펼쳐 덮친 뒤, 빨려 들어간 포식자가 빠져나갈 수 없게 만들어 베큠처럼 먹이를 흡입한다. 고도로 발달된 베큠 청소기처럼 문어 역시 꽤나 똑똑하고 지능이 높은 생명체다. 베큠에 단기 기억과 장기 기억을 저장해 놓으면 그것을 기억하고 청소를 해내듯이, 문어도 특정한 사람을 기억하는가 하면 단기 기억과 장기 기억을 구분하는 월등한 기억력을 가지고 있다.

게다가 녀석은 가까이 있는 것은 뚜렷이 구별하지만, 이삼 미터 이상의 거리는 잘 보지 못해서 사물을 분명하게 분간하지 못하는 근시다. 베큠 청소기도 마찬가지다. 가까운 거리는 깨끗이 청소할 수 있지만 멀리 떨어져 있는 것은 감당하지 못하지 않는가. 그런가 하면 문어마다 성격이 각기 다르듯이 베큠 청소기 역시 종류가 모두 다르다.

문어의 팔은 유연하여 독립적으로 움직일 뿐만 아니라, 잘리면 그 부위가 다시 재생하여 여러모로 다양한 기능을 수행한다. 베큠 청소기 역시 좁은 틈을 청소하려면 원래 연결된 팔을 자르고 또 다른 팔을 길게 연결하여 쓰지 않는가. 헤아려보면 생을 다하면 다른 생선들의 몸을 빌려 푸른 바다로 다시 돌아가는 문어와 언젠가는 지구별로 돌아가는 베큠 청소기에 저장된 쓰레기들은 닮았다.

베큠 청소기에는 정(靜)과 동(動)이 공전한다. 베큠을 하지 않을 때는 고요한 정(靜)의 선정에 든다. 그러다 일이 시작되면 동(動)의 삼매 경지에 빠진다. 그리 보면 녀석은 말하고, 침묵하고, 움직이거나 가만히 있는, 어묵동정(語默動靜)의 순간마다 선정 삼매에 드는 것은 아닐까. 자신의 삶을 사랑한 녀석은 허접스러운 쓰레기나 찌꺼기까지도 가슴으로 품으며 삶을 견뎌내는 것 같다. 아니, 견뎌

낸다기보다 깨끗함과 더러움을 분별 짓는 차원의 세계를 초월해 분별이 없이 텅 빈 공(空)의 경계에 머무르는지도 모르겠다.

돌아보면 베큠 청소기는 영혼에서도 필요한 것 같다. 문어가 흐르는 푸른 바다를 종횡무진하며 바다 밑을 베큠질 하듯, 세월 속에 뿜어져 쌓인 순간의 잡념들이나 부정적인 사념들도 영혼의 베큠 청소기로 정리한다면 얼마나 깨끗해질까. 또 한 해를 보내며 누적되어 지워지지 않는 세상을 바라보는 사악한 개념들도 새로운 해의 깨끗한 출발을 위하여 혼의 베큠 청소기로 정화를 시켜야 할 듯싶다. 그리 보면 언젠가 삶을 끝내고 흙으로 돌아가는 순간에도, 평생 기록된 부정적인 생각들과 용서 못 할 기억들을, 영혼의 베큠 청소기로 깨끗이 청소하여 버릴 것은 깨끗이 버려야 될 것 같다. 다음 생에 맑고 투명한 기운으로 새롭게 탄생하기 위해, 이생에 새겨진 흉한 삶의 흔적을 영혼의 베큠 청소기로 깨끗이 정화시켜야 하기 때문이다.

3 몸이 하는 일

얼굴의 어원은
영혼이라는 뜻의 '얼'에 통로라는 뜻의 '굴'이 합쳐서 생겨났다.
얼굴은 얼이 들어오고 나가는 통로를 의미한다.
그래서인가,
산을 사랑하는 사람의 얼굴에는
푸른 산맥과 평화로운 산들이 우뚝 서 있는가 하면,
바다를 좋아하는 사람에게는
푸른 파도가 넘실댄다.
자전거를 즐기는 사람의 낯에는
둥근 바퀴가 싱그러운 바람 속에 구르고,
낚시를 즐기는 사람에게는
파란 강 속에 은빛 물고기가 펄떡거린다.
-본문 중에서

손톱

손톱을 깎으려고 손가락 끝을 바라본다. 모르는 사이에 손톱이 많이 자랐다. 자세히 들여다보니 손톱은 새싹을 닮은 것 같다. 봄이 오면 앙상한 가지에 싹이 돋으며 점점 커지듯, 손톱도 잘라내면 새롭게 자라기 시작한다.

몸속의 상황을 밖으로 내보이는 손톱은 몸이 지어내는 표정인지도 모른다. 마치 대기의 상태를 수시로 표출하는 날씨같이, 손톱은 흐르는 소우주의 삶을 바깥세상에 낱낱이 내보인다.

손톱의 주요 기능은 손가락 끝을 보호하는 것이다. 그것은 물건을 집을 때 피부가 밀리는 것을 방지하여 그것을 쉽게 들어 올리게 하며 무언가를 긁을 때도 사용된다.

어쩌면 사람들 가슴속 영혼의 끝에도 손톱이 자라나고 있는 것은 아닐까. 손끝의 손톱처럼, 보이지 않는 가슴속의 생각도 끊고 정리하지 않으면 멈추지 않고 계속 커나가는 까닭이다.

언젠가부터 아파트 3호실 세입자의 가슴 끝에서는 탐욕의 손톱이 자라기 시작했나 보다. 어느 날 그는 내가 자신에게 페인트칠을 했으면 하고 부탁했다고 거짓말을 했다. 페인트칠 도중 페인트를 희석할 시너 병이 실수로 넘어지고, 그것이 워터 히터 아래로 굴러가 그곳에서 불이 비롯되었고, 그것이 자신의 바지에 옮겨붙어 화상을 입었다는 것이다. 하지만 소방관에 의해 소방서에 보고된 내용은 전혀 사실과 달랐다.

"삼월 어느 날 세입자가 음식을 기름에 튀기던 중 오븐의 불이 냄비 안쪽의 기름에 붙었다. 당황한 그가 불붙은 냄비를 들고나오다 냄비가 실수로 기울여져 불이 바지에 옮겨붙으며 세입자가 화상을 입었다."

안타깝고도 슬픈 그의 화상치료가 끝나자 그는 주인인 나를 제일 먼저 고소했다.

몸의 한 부분이지만 바깥세상과 마주한 손톱, 세입자의 마음 끝에서 자라나기 시작한 거짓의 손톱은 밖의 세상으로 뻗어 나오며 그의 검은 속내를 드러냈다. 몸의 어떤 변화라도 빠르게 반영하는 손톱이기에, 그것으로 그의 감춰진 속내를 본다는 것은 어쩌면 당연한 일인지도 모른다.

보험회사는 그의 말이 도무지 앞뒤가 맞지 않는다고 결론을 지었다. 불이 시작되었다는 워터 히터에 불붙은 흔적이 전혀 없는 데

다, 사고 당시 소방관에게 보고한 사실과는 너무 차이가 났기 때문이다.

제법 단단해 동물이 자신의 무기로도 쓸 수 있는 손톱은 날카롭게 세우면 심한 공격을 시도할 수가 있다. 그는 지금 자신의 손톱을 세워 할퀴고 생채기를 내며 나를 공격하려고 하고 있는지도 모른다. 하지만 물질에 눈이 먼 그가 거짓으로 키워가는 손톱은 언젠가는 자신의 피부밑을 파고들어 심한 상처와 통증을 유발할 것도 같았다. 걷잡을 수 없이 커지는 그의 욕심과 위언은 영혼 끝에서 마구 자라나는 삿된 손톱이었다. 보험금을 노린 그의 탐욕과 거짓은 바르게 잘라내어 다듬어지고 정직하게 갈무리 했어야 됐다.

'손—톱'은 손끝에 달린 톱이다. 톱은 무엇이든 자를 수도 있고, 또 잘리는 것을 막을 수도 있는 연장이다. 이제 내 손의 톱은 거짓으로 꾸며진 그의 공격을 정직한 진실로 방어해야만 했다.

마법의 손톱은 무슨 일이든 벌일 수 있다. 힘을 가해 할퀼 수도 있고, 잡았던 것을 내려놓을 수도 있으며, 또 부드럽게 보듬을 수도 있다. 누구나의 가슴속에는 남을 공격하며 할퀴는 손톱이 있는가 하면, 손의 톱을 부드러운 살로 감싸며 아픈 영혼을 따뜻하게 포용하는 선한 손톱도 있다.

바른 삶을 이루려면 걷잡을 수 없이 자라나는 욕심의 손톱을 자신의 수준에 맞게 절제하고 정제하여야 하리라. 마음 끝의 손톱이 삶에 절대적으로 필요한 영혼의 양식인 용서와 이해를 창조해 나가야 하지 않을까.

손톱에는 나름의 독특한 세상이 있다. 동그라미가 있는가 하면 사각형이 있고 또한 삼각형도 있다. 부드러운가 하면 딱딱하고, 여린가 하면 강하다. 그것에는 곡선과 직선이 만나는 상반된 요소들이 모두 내포되어 있다. 어쩌면 복합적으로 꾸며진 것이기에 헝클어지고 비뚤어진 너와 나의 영혼을 바로잡을 수 있는 듯도 싶다.

바르게 다듬어져 남을 찌르지도, 자신을 아프게 하지도 않아야 하는 그와 나의 손톱. 한 걸음 더 나아가 영화 속에 나오는 ET의 손톱처럼 너와 나의 영혼을 따뜻이 이어주고 가슴을 온아하게 만들어 주는 손톱이어야 할 것 같다. 반듯한 마음으로 다듬어진 두 손톱이 서로의 온기를 합친다면, 긍정과 긍정은 이어져 우리의 삶터가 좀 더 밝아지고 서로의 상처를 보듬어주는 따뜻한 세상이 될 것 같다.

네일 아티스트는 하얀 손톱 위에 빨간 해와 푸른 달을 창조하기도 하며, 거기다가 또 다른 세상을 만들어간다. 그곳에서는 향수에 물든 봉숭아꽃도 피어날 수 있고 고운 호랑나비가 춤을 출 수도 있다. 그곳은 온갖 색(色)이 피어나는 곳이다. 손톱은 원하는 꿈을 그려낼 수 있는 작은 캔버스일 것도 같다. 손끝과 마음 끝의 손톱에서 노력만큼의 현실이 정직하게 실현되고, 꿈이 새롭게 창조되는 그 날을 그린다.

어깨

눈 깜짝할 사이다. 졸지에 장거리를 담은 카트가 내동댕이쳐지면서 내 오른쪽 턱과 어깨는 시멘트 바닥으로 팽개쳐졌다. 평소 다른 차를 다치게 할까 봐 걱정은 했지만, 낯선 차에 내 몸이 공격을 당할 줄은 상상도 못 한 일이다. 힘없이 쓰러진 나는 경비원의 부축으로 겨우 몸을 추스르며 일어났다.

"앰뷸런스를 불러 드릴까요?" 주차장의 경비원이 물었다.

"아니요. 다치지 않았으니 집으로 갈게요."

내재되었던 팔팔한 의식이 갑자기 생각지도 않던 말을 내뱉었다.

"누구는 앰뷸런스를 부르라고 성화를 부리는데. 정 그러면 원하시는 대로 하세요."라며 시큐리티가 딱하다는 듯 혀를 내둘렀다.

차에 올랐다. 핸들을 잡으려 하자 팔이 움직여지지를 않는다. 마구 구겨진 종잇장 같은 혼란과 통증의 시간은 저녁 내내 지속되었다. 창백한 해가 창살을 두드리는 다음 날 아침, 어깨와 팔은 탱탱하게 부어올랐고 성이 난 탓에 침대에서 몸을 일으키기조차 힘들었다.

어깨에는 날개가 달렸었나 보다. 보이지 않던 어깨의 날개가 상처를 입자, 나는 삶의 컴컴한 구석에 처박힌 듯싶었다. 상처 난 날개로 일상의 어느 곳에도 날아갈 수 없었기 때문이다. 오직 유일하게 할 수 있는 일은 구겨진 날개가 만드는 날카로운 진통만을 어두운 방에서 감내하는 것뿐이었다.

상처 나기 전 어깨의 날개가 싱그럽게 펼쳐지는 날이면, 나는 삶을 비상해 주변의 향기를 실어 나르기도 하고 그 향취에 가슴을 적시기도 하며 풍요롭게 하루를 채워갔다. 때로는 날개에 힘을 넣고 으쓱거리며 잘난 척했는가 하면, 흥에 겨워 덩실덩실 춤도 추었다.

돌아보면 어깨는 세상을 헤쳐나가는 힘이었다. 그것은 생선의 지느러미가 몸의 좌우에 붙어 바다를 헤엄쳐 나가는 것 같이, 몸의 양옆에서 억센 세상을 헤집고 나가기 위한 장치였던 듯싶다.

하지만 오른쪽 지느러미인 어깨가 상처를 입자 나의 삶은 중심을 잃고 흔들리기 시작됐다. 게다가 무슨 일이건 앞장섰던 어깨의 상처 때문에 주저앉아 통증만 호소하고 있었다. 삶의 지느러미가 세상 물결을 헤쳐나가지 못하자 영혼은 중심을 잃고 생의 후진 모통이에 처박혀 버렸다.

얼마 후, 어깨 전문 병원에서 엑스레이와 MRI를 찍으며 몸의 한 쪽 축을 담당하고 있는 어깨 구조에 나섰다. 근육량으로 보면 어깨는 몸에서 가장 큰 근육이었다. 그러기에 나는 인생이라는 무거운 짐을 그곳에 얹고 세월 속을 걸었던 것 같다. 온통 거친 삶의 무게를 짊어진 탓에 큰 부담으로 눌렸을 어깨. 어쩌면 오랜 세월과 함께 실린 삶은 무겁다 못해 여린 어깨를 짓누르며 숨을 거칠게 옥죄었을지도 모른다. 그러기에 팔팔하고 활기 있는 푸른 산 같은 어깨는 위축되고 왜소한 동산으로 세월 속에 퇴색되었을 듯싶다.

수직의 몸과 수평의 어깨로 꾸며진 소우주인 나의 몸, 수평으로 가로지른 어깨는 수직의 몸을 받쳐주는 대들보같이 몸의 양옆에서 균형을 잡아주고 있었다. 그러나 교통사고로 반듯했던 수평과 수직의 균형이 깨지자 어깨는 붓고 통증을 호소하기 시작했다. 소우주의 원칙에 금이 간 어깨는 삶의 균형을 잃고 휘청거리기 시작했다.

얼마 후, 잠에서 깨어난 나는 처진 어깨 부위가 아직도 그대로 부어있는 것을 발견했다. 닭들도 싸우기 전 자신의 몸을 최대한 부풀려 털을 곤두세우지 않는가. 어깨도 쌓여진 이물질이나 지독한 통증과 싸우려면 어깨 깡패처럼 자신의 기를 세워 상대를 제압하려 그렇게 부풀린 것은 아닐까. 상처를 입은 어깨는 아이가 어미를 붙

잡고 조심스럽게 걸음을 떼듯, 세월과 함께 조금씩 치유되리라.

어찌 보면 상처로 처진 어깨와 옛 모습 그대로 수직인 다른 쪽 어깨로 비대칭을 이룬 어깨는 시소를 닮았는지도 모른다. 긴 널판에 수직으로 중심축을 괴고 수평으로 뻗은 양 끝을 오르내리는 시소. 그것은 좋은 일과 나쁜 일을 오르락내리락하며 살아있는 내내 엎치락뒤치락하는 인생과 많이 닮았다. 어찌 보면 시소를 닮은 내 어깨는 어제 나쁜 일이 있었기에, 내일은 더 좋은 일이 생기는 것은 아닐까.

어쩌면 한동안 이어진 어깨의 통증은 상처받은 동물의 원초적인 울부짖음인지도 모른다. 아니면 살아남기 위해 몸부림치며 나오는 진한 절규인지도 모른다. 어깨의 통증을 통해 나는 건강했던 삶에 감사할 줄 알게 되었고, 평범함 속에서의 소소한 행복이 소중함을 깨달을 수 있었다. 통증은 나를 겸손하게 만들었고 삶을 돌아보게 했다. 인생이 아픈 것은 그 고통을 통해 삶이 좀 더 숙성되고 성숙해지라는 의미인지도 모른다.

어느 정도 몸이 나아지자 장을 보기 위해 슈퍼마켓에 다시 나섰다. 예전처럼 몸의 날을 세운 경비원이 마켓 앞에 서 있었다.

"제가 마켓 주차장에서 어깨를 다친 사람이에요. 아시죠?"

"아 네, CC-TV를 통해서 아주머니를 잘 알고 있지요. 이리 오세요, 아주머니. 제가 다친 어깨 아프도록 주물러 드리겠습니다.

원래 통증은 통증으로 다스리는 겁니다. 아픈 환자도 따끔한 봉침으로 치료하지 않습니까. 인생 자체가 통증이기에, 우리는 삶이 만드는 다른 질통과 비교하며 그것이 더 크지 않은 것에 감사하고 위로받는 겁니다. 어깨동무 같이 이어진 크고 작은 삶의 통증을 통해 생은 더욱 단단해지고 다져지는 것 아니겠습니까."

두 귀

귀가 어두워지고 있다. 의사의 진단으로는 돌발성 난청이다. 어느 날부터인가 귀에 물이 찬 듯하더니 소리가 울리면서 작은 말소리가 정확히 들리지 않았다.

무심한 공기 같아서 존재조차 관심 밖으로 두고 있던 귀 아니던가. 세상 이야기들은 메아리 모양의 귓바퀴를 돌아, 귓속 어두운 동굴의 비밀스러운 길을 지나 내게 전해졌다. 하지만 바쁘다는 핑계로 어렵게 들어온 세상 이야기들을 나는 얼마나 마음의 문을 닫고 등한시하였던가. 삶의 상처가 아프다고, 믿었던 이의 배신이 견디기 힘들다고, 차마 뱉어내지 못한 지인의 언어들은 나의 편견과 오만으로 지척에서 갈 길을 잃고 정처 없이 허공을 맴돌다 힘없이 사라졌을 듯싶다.

생각해 보니 세상은 온통 말로 이루어진 것 같다. 우리의 삶은 말로 시작되어 평생 언어를 부리며 살다, 말이 끊어지며 생의 막을 내리는 것은 아닐까. 영혼 속의 생각들은 언어라는 장치를 통해 매 순간 세상에 태어나기 때문이다. 만약 모두가 쏟아낸 순간의 말들을 평생의 길이만큼 이어 놓는다면 아마도 우주의 길이보다 훨씬 더 길어질지도 모르겠다. 영혼의 숫자만큼, 세월의 길이만큼 더해지는 언어와 말들. 굳이 묵언 수행을 하지 않는다면, 말은 소리 내는 사람의 생각이며 사상이며 나름의 인생관이기도 하다.

그런데 말은 누군가에게 들려주기 위해서 생겨난 것은 아닐까. 시인 장 콕도는 "내 귀는 소라껍질, 바닷소리를 그리워한다."라며 자신의 귀를 통해 바다로 은유된 세상 이야기를 듣기도 하고 그리워하기도 했다. 그는 경청해 주는 사람의 귀를, 입구가 크고 들어서는 길이가 깊은 오묘한 소라껍질로 강조하였다.

귀는 두 개로 얼굴 양쪽에 돌출되어 있고, 청각의 감각기관으로 소리를 듣는 역할을 한다. 귀는 생명을 죽이기도 살리기도 하고 때로는 천국과 지옥을 창조하고 파멸시킬 수도 있는, 말과 소리를 들으려 존재한다. 그것은 시각, 청각, 미각, 후각, 촉각의 오감 중 하나로, 다섯 기관 가운데 제일 먼저 퇴화를 시작한다.

두 귀는 세상 한복판에 걸려있는 신호등 같다. 주변 상황이 두 귀로 위험 신호를 보내면 그곳에 빨간불이 켜지며 안전할 때까지 삶은 멈춰지고, 바르고 안전한 방향으로의 확신과 지지를 받게 되면 초록불이 켜지며 직진하게 된다. 하지만 두 귀 주위에 판단키

어려운 상황이 감지되면, 노란불이 켜지며 다가올 위험에 대비한 채 조심스럽게 일이 진행되기 때문이다.

그런가 하면 두 귀는 고운 체를 가슴에 품은 둥근 항아리를 닮았다. 삶의 기쁨과 슬픔, 노여움과 즐거움의 모든 언어가 언제나 두 귀를 통해 담겨지기 때문이다. 귀는 이것들을 모아 사고(思考)라는 자신만의 가는 체에 정성스럽게 걸러, 삶의 정수가 될 것만을 추려 낸 후 둥근 가슴에 저장한다.

귀가 감지할 수 있는 말에는 삶의 단맛, 신맛, 짠맛, 쓴맛, 감칠맛들이 있다. 단맛은 귀에 달콤하고 기쁜 감정이 나오게 하는 말이고, 쓴맛은 비판이나 비난 같은 귀에 거슬리는 언어들일 듯싶다. 한편 신맛은 기운이 없고 느슨할 때 그것을 잡아 긴장시켜 주는 말일 것이고, 감칠맛은 귀에 착착 달라붙은 언어들일 것 같다. 그렇다면 짠맛은 심심하고 싱거운 일상에 짭짤히 간을 맞춰주는 말들이라고나 할까?

사람의 귀 모양은 각기 달라서 세상에 같은 귀는 찾기 어렵다고 한다. 영혼들의 모습이 각각 다르기에 귀 모양조차 제각기 다른 것 같다. 그래서일까, 귀는 '이문'이라 하여 제2의 지문으로 간주되고 있다.

생각해 보면 소리를 내어 말하는 것은 능동적이어서 힘이 있고 강해 보이고, 듣는 일은 수동적이어서인지 소극적이고 약해 보인다. 하지만 깊은 영혼을 움직일 수 있는 것은 나약하지만 침묵하며 경청해 주는 두 귀가 아닐까.

어쩌면 경청하려 열려진 귀는, 말하는 이의 영혼으로 들어가는 문인지도 모르겠다. 문을 열고 달팽이같이 구부정한 터널을 지나 말하는 이의 영혼에 은밀히 다가서면, 두 혼은 이해와 공감을 시작으로 한쪽의 울림에 다른 한편이 공명하는 따뜻한 영혼의 해후를 맞게 될 것이다.

듣는다는 것은 나의 소리를 뒤로하고 상대방의 마음을 먼저 받아주는, 상대방을 향한 존중과 배려이기도 하다. 입이 하나이고 귀 두 개가 존재하는 것은 말을 하기보다는 들으라는 의미 아닐까. 청진기가 몸속 소리를 듣고 병을 파악해 내듯, 두 귀를 영혼의 상처에 가깝게 밀착시키고 주의 깊게 경청하면, 상대방이 느끼는 삶의 통증과 아픔을 감지할 수 있게 될 것 같다.

생각해 보면 내 귀가 어두워지는 것은, 세속의 소리보다는 자연의 소리에 영혼을 열고 귀 기울여 그것의 이야기를 들어 보라는 메시지일 듯싶다. 언제 한번 자연의 소리를 진지하게 들으려 해본 적이 있었던가. 무심한 자연은, 나만의 작은 삶에 연연하지 말고 순리에 맞춰 더불어 살며, 사고하며 성찰하여 인생이라는 큰 숲의 의미를 깊은 내면의 소리로 헤아리라는 의미 같기도 하다. 아니면 더해가는 세월의 연륜에 맞추어 잘 들리지 않는 소소한 세속적인 말에 휘둘리지 말고, 소신을 갖고 꿋꿋하게 삶을 걸어가라는 뜻인지도 모른다.

귀는 성장이 멈추지 않는 연골로 이루어져 있기에 느리긴 하지만 죽을 때까지 성장하고, 커진 귀는 지구의 중력 때문에 밑으로 처진다고 한다. 바라건대 나의 영혼의 귀도 매일 매일 성장해 귓불이 여유롭게 쳐진 넉넉한 귀가 되었으면 하고 꿈꾼다.

얼굴

남편의 얼굴을 들여다본다. 얼굴에는 세월이 가득히 묻어 있다. 높은 이마에서 긴 줄기로 뻗은 산맥의 주름 따라 눈가 주름 아래로 샛강이 흐르고, 흰 구름으로 변한 머리칼은 흘러가는 시간을 조용히 관조하고 있다. 범접할 수 없었던 젊음의 탱탱함은 세월 속에 발효되며 숙성되었는지, 주름은 깊은 골짜기를 이루며 더 넓은 골을 만들어만 간다.

얼굴의 어원은 영혼이라는 뜻의 '얼'에 통로라는 뜻의 '굴'이 합쳐서 생겨났다. 얼굴은 얼이 들어오고 나가는 통로를 의미한다. 그래서인가, 산을 사랑하는 사람의 얼굴에는 푸른 산맥과 평화로운 산들이 우뚝 서 있는가 하면, 바다를 좋아하는 사람에게는 푸른 파도가 넘실댄다. 자전거를 즐기는 사람의 낯에는 둥근 바퀴가 싱그러운 바람 속에 구르고, 낚시를 즐기는 사람에게는 파란 강 속에 은빛 물고기가 펄떡거린다.

아침에 잠자리에서 깨어나면 나는 텅 빈 얼굴에 하루를 그리기 시작한다. 동녘에 떠오르는 밝은 희망을 그리는가 하면, 창창한 햇빛 속에 타오르는 야망을 그려놓기도 하고, 포기하지 않는 지구력을 색칠해 넣기도 한다. 때로는 희로애락의 오감을 녹여 아름다운 음악과 함께 평화로운 천국을 세우기도 하고, 풀리지 않는 세상을 원망하며 참담한 지옥을 짓기도 한다.

얼굴은 매일 매일 써 내려가는 삶의 역사책 같다. 거기에는 찰나의 인생이 꼬박꼬박 기록되어 있다. 그것은 나라는 존재가 지났던 과거의 흔적과 현재의 발자국과 앞으로 걷게 될 미래의 흔적들로 엮어진다. 얼굴에는 아련한 추억과 애틋했던 미련과 따뜻한 정이 세월과 함께 소소하게 수놓아져 있다. 어찌 보면 나에게는 세상을 뒤엎는 거대한 이야기보다, 내가 걸어가는 삶의 역사가 더 소중하지 않을까.

얼굴에는 온 세상이 다 들어있는 것 같다. 그것에는 화투패의 얼굴처럼 온갖 인생이 춤을 추고 있다. 정직과 인내의 주름이 굳게 새겨지는가 하면 약삭빠른 계산기가 돌아가기도 하고, 순수한 열정과 치사한 술수도 버섯처럼 피어나기도 한다. 그것에는 따뜻함과 차가움, 순리와 반전, 투쟁과 쟁취의 찰나가 화석처럼 새겨지기도 한다.

그리 보면 빙글빙글 원을 그리며 뜨거워진 열정의 해바라기를 그린 고흐는 붓을 통해 자신의 영혼 얼굴을 표출한 것은 아닐까. 원색적인 혼이 용솟음칠 때마다 그의 내장된 강한 에너지는 캔버스 위에 자신의 혼의 얼굴을 마구 그려 댄 것이 분명하다. 어찌 보면 하늘을 돌고 있는 별과 몽환적인 구름은 어지러울 정도로 그에게 다가선 자연의 얼굴이었는지도 모른다.

어느 날 TV에서 원조 가수를 가려내는 '가면 쇼'를 본 일이 있다. 시청자들은 마스크로 가린 그들의 소리를 비교하며 원조 가수를 식별해 냈다. 소리꾼들의 특유한 소리와 독특한 음색에 남들이 식별할 수 있는 고유의 얼굴이 들어 있기에 가능한 일이었다. 그런가 하면 시각장애인도 주변의 바람 소리나 새 울음소리라든가 타고난 숲의 냄새로 자신의 위치를 파악한다. 그때 주위가 내는 소리나 특유의 냄새는 자연만이 소유한 고유의 얼굴인지도 모른다. 그리 보면 얼굴은 머리의 앞쪽에만 존재하는 것이 아닌가 보다. 독특한 개성이나 독특한 능력, 자신임을 증명할 수 있는 그 무엇이라면 개체의 고유한 얼굴이 될 수 있을 것 같다.

그래서일까 우리는 새로운 사람을 만날 때마다 서로 명함을 주고받는다. 현재 하는 역할과 과거에 이루어 놓은 능력들이 순서대로 기록되어 있는 작은 이력서. 사람들은 자기를 알릴 때 자신의 현재 능력이나 과거의 능력을 자신의 얼굴처럼 내보이고 싶어 한다. 그리 보면 얼굴은 세상에서 인정하는 능력일지도 모른다는 생각이 든다.

그러기에 우리의 욕심은 자신의 얼굴이 감당할 만큼이어야 하고, 벌여놓은 일에 대해서는 그것에 맞는 얼굴값을 해야 할 것 같다. 한 걸음 더 나아가 자신이 감당할 수 있는 얼굴을 가질 수 있는 것에 우리가 감사할 수 있다면, 우리는 그만큼 행복해질 수 있을 것 같다.

바람직한 얼굴은 어떤 것일지 가만히 생각해 본다. 나다나엘 호손은 단편소설 〈큰 바위 얼굴〉에서 삶에서의 바람직한 얼굴은 장엄한 위풍이나 신과 같은 위대한 사람의 얼굴이 아니고, 권력과 명예욕에 찌든 얼굴도 아니라고 말한다. 또 작가는 현실의 부와 권력과 명예를 가진 사람이기보다는, 끊임없는 자기반성과 성찰을 통해 사람들에게 사랑과 지혜를 가르치는 인물이야말로 바람직한 얼굴임을 역설한다.

나의 얼굴은 어떤 모습일까. 개개인의 개성이 중요하다고 하는 요즈음, 혹시 나 자신에 도취한 나머지 물에 빠져 세상에서 사라진 나르시스 같은 얼굴이 되어 가는 것은 아닐까.

코

근육 냄새가 물씬 풍기는 헬스장에 들어선다. 준비 운동을 하려고 이층에 오른다. 바람 속을 가르며 달리듯 신나게 자전거 페달을 밟는다. 온몸의 근육을 따뜻하게 하여 경직된 힘살들을 풀어주기 위해서다.

자전거에 앉으려는데 뒷사람의 소리가 제법 소란스럽다. 뒷사람과 조금 떨어진 곳에 앉아 자전거 바퀴의 매끄러운 리듬에 한동안 몸을 맡긴다. 무심코 고개를 드는 순간 왼쪽 여자의 몸에서 쿰쿰한 냄새가 뿜어져 나온다. 반사적으로 고개를 반대쪽으로 돌렸다. 그런데 그곳에서 또 다른 냄새가 스멀스멀 올라와 코를 자극한다. 페달을 돌리는 내내 고개를 왼쪽, 오른쪽, 왼쪽, 오른쪽으로 번갈아 바꿔 가며 페달 밟기에만 집중한다.

문제는 얼굴 가운데 자리 잡은 나의 코에 있었다. 그것이 아무 냄새도 맡지 못했다면 나는 전력으로 질주하는 자전거에 매료되어 시간 가는 줄 모르고 행복에 흠뻑 빠졌을 것이다.

코란 무엇일까? 두 눈 아래 긴 산맥처럼 뻗어내려 얼굴 한가운데 돌출해 사자상인 양 우뚝 서 있는 신체의 일부이다. 사자 무리를 '프라이드'라 하여 그들만의 최고의 힘과 자긍심을 인정한다면, 사람 사람 마다의 코에는 자신만의 고고한 자존심이 살아 꿈틀대고 있는 것 같다.

코는 냄새를 맡는 감각기관이다. 코의 후각세포가 공기 중 기체 상태의 물질을 감지해 내는 것을 '냄새'라고 부른다. 힘든 삶이 쓰나미처럼 몰려와 영혼을 쓰디쓴 빛으로 물들이면 내게 어떤 자극이 와도 무감각해지는 것처럼, 코도 냄새에 지속적으로 노출되다 보면 더 이상의 냄새를 감지할 수가 없을 것이다.

헤아려보면 코는 호흡 창구이기도 하다. 날숨과 들숨의 입구이기도, 출구이기도 한 감각기관, 세상 기운과 몸 안의 원기를 연결하는 코는 들숨으로 신선한 세상을 받아들이고, 날숨으로 몸 안의 지친 기운을 세간에 내보낸다.

매부리코, 버선코, 복코, 주먹코, 들창코…, 코의 생김새는 각양각색이다. 주먹 같은가 하면, 날 선 버선 끝같이 뾰족하고, 매의 부리처럼 날카롭게 튀어나왔나 하면, 구멍이 보일 만큼 끝이 위로 향했다. 바닷가에 뒹구는 자갈돌처럼, 얼굴마다 우뚝 선 코 모양도 제각기 다르다. 아마도 쓰임에 따라 모양이 다른 돌처럼, 사람 마다의 코도 천차만별인가 보다. 코는 예부터 남성의 상징으로 여겨졌고, 각자의 운명이 담겼다 하여 성격과 타고난 복의 무게를 달아보는 어수룩한 천칭 저울같이 여겨지기도 했다.

그런가 하면 코는 목숨 줄을 잇는 호흡을 감당하는가 하면 의식을 잃거나 음식을 받지 못하는 이에게는 입을 대신해 몸 밖 영양분을 안으로 넣어주는 긴급 생명줄이기도 하다.

어찌 보면 코는 바람 따라 춤을 추는 사시나무와도 같다. 그것은 코가 몸의 필요에 따라 바깥 공기의 온도와 습도까지, 바람과 조화를 이루는 사시나무처럼 맞추어 주기 때문이다. 마치 모순과 혼돈의 힘든 세상에 나의 혼이 맞추어가는 것과 같다고나 할까.

인간의 코는 점차 코끼리의 코로 바뀌어야 할 듯싶다. 사람들은 그것을 통해 숨 쉬고, 냄새도 맡으며, 삶의 희로애락을 노래 부른다. 하지만 진정한 코는 그것에서 더 나아가 영혼과 연결되어 삶이 품고 있는 은밀한 냄새까지도 탐색해내어 코끼리의 코처럼 자유자재로 인생 속에서 변신되어야 할 것 같다.

삶에서 숨 쉬고 있는 영혼의 코는, 주변 자연의 몸짓과 눈 맞춤은 물론 사람마다 뿜어내는 독특한 개성의 냄새와 취향 그리고 그곳에서 풍겨나는 인생관의 냄새까지도 맡을 수 있어야 하리라.

계절에 민감한 나의 코는 가을 냄새와 함께 깊어만 간다. 핼러윈 날이면 사람마다 무섭게 변장한 극도의 흥분 속에서 내 혼의 코는,

세상 모두 하나가 되어 벌이는 퇴마 굿 냄새를 맡지 않는가. 그런가 하면 다람쥐가 쪼아낸 뒷마당 시카모아의 열매껍질과 낙엽들이 겹겹이 쌓인 곳에서 인생의 허무함을 냄새로 감지한다. 무성한 여름 뒤에 다가선 가을 낙엽 속에서 무상한 생명체가 뿜어내는 실체의 냄새를 맡기 때문이다. 계절이 빚어낸 냄새는 나의 혼을 한순간에 텅 비워 놓아, 문득 떠나버린 시간을 그리워하게 만든다.

동물의 코는 본능적으로 냄새를 맡아 먹잇감을 찾아낸다. 하지만 사람이 지닌 영혼의 코는 단순한 동물적 감각을 넘어, 자신이 지향해야 할 방향까지도 냄새로 감지할 수 있어야 할 것 같다. 사람이 동물적인 본능만을 내세운다면 하찮은 동물로 전락될 수 있지만, 사람다운 인격체가 지닌 영혼의 코는 풍성한 먹잇감 속에서도 자신이 취해도 되는 먹이인가 아닌가의 식별과, 자신이 처한 위치며 자기의 분수까지도 냄새로 가늠할 수 있어야 하리라. 영혼의 코가 먹어서는 안 되는 먹이를 자칫 잘못 분별하면 삶의 혼란과 파멸을 초래할 수 있기 때문이다.

오늘 하루, 내 영혼의 코는 어떤지 곰곰이 헤아려본다. 내 영혼의 코가 분수에 맞지 않는 먹잇감을 욕심낼 때마다 동화 속 피노키오의 코처럼 쑥쑥 자란다면 나의 코는 하루에 얼마큼씩이나 커질까?

손

모양이 특이하다. 그것은 푸른빛 다섯 손가락의 유리 손이다. 어느 날 바다 변두리의 벼룩시장에서 그 모습이 독특해서 구입했다.

푸른 유리 손을 통해 세상을 본다. 바다가 세상을 삼켜 버린 듯, 손을 통해 보이는 세간은 온통 바다 빛이다. 파란 접시, 푸른 창문 위로 바다 빛 해가 반짝이고 청잣빛 꽃이 피어난다. 세상은 온통 푸른 손안으로 잠겨 버린 듯하다. 바라보는 푸른 내 영혼에서도 파란 싹이 파릇파릇 돋아나는지 싱그럽기만 하다.

무슨 연유로 손을 유리로 만들었을까. 손은 소중한 것이기에 깨지기 쉬운 유리처럼 조심해 다루라는 뜻인지도 모르겠다. 그도 아니면 그것을 만든 사람이 유리같이 투명한 손을 원했을 듯도 싶고, 안이 투명해서 어디에서 보아도 떳떳한 손을 원하고 있는지도 모른다.

어쩌면 유리 손은 부주의로 격렬하게 부서질 수도, 또다시 만들

수도 있는 것이기에, 손이 만든 삶 역시 파괴될 수도 있지만, 또 다른 새로움으로 탄생시킬 수도 있음을 은유적으로 표현한 것인지도 모른다. 삶의 시작과 마지막이 공존하는 유리 손, 손에서 손으로 혼이 전달되는 미켈란젤로의 〈천지창조〉의 벽화처럼 그것에는 깊은 의미가 숨어 있는 듯싶다.

손은 실천이다. 나쁜 생각 자체로는 죄가 성립되지 않지만, 손으로 실행할 때 그것은 죄로 변한다. 영혼과 이어져 있는 손, 죄인을 잡아갈 때 손에 수갑을 채우는 이유는 영혼이 품은 죄를 손이 행했기 때문이 아닐까. 보이지 않는 영혼은 보이는 손을 통해 지울 수 없는 표식을 남기는 것 같다.

가만히 손을 들여다본다. 그곳에는 작은 강이 흐르고 산맥도 솟아있고 넓고 평평한 평야도 있다. 돋아나온 푸른 혈관 아래로 정맥피가 시냇물같이 흐르고, 작은 능선같이 솟은 다섯손가락뼈들이 굳건하게 손을 지탱하고 있다. 작은 우주를 펼쳐 놓은 손에는 영혼과 운명, 건강과 삶 모두가 들어있는 것 같다. 매 순간의 삶을 손으로 지어가는가 하면, 손은 부끄러운 순간 얼굴을 가리기도 하고, 기쁨을 손뼉으로 환호하기도 한다. 그런가 하면 사람들은 손금으로 운명을 가름 짓기도 하고, 수지침을 통해 건강을 다지기도 하지 않는가.

어느 날이었다. 무언가를 집으려다 목표물이 미끄러지는 바람에 손가락 주변의 인대를 다쳤다. 손이 부어오르고 통증이 며칠째 계속되었다. 모든 잘못을 대신해 벌을 받는 듯한 손은 여유 있게 굽혀지지도 펴지지도 않는다. 평소에는 있는지 없는지 의식도 못 하던 손이, 무엇을 잡거나 운반해야 할 때 제구실을 못 하니 삶이 불편해지기 시작했다. 그런데 이상한 것은 손을 필요로 하는 순간마다 아픈 손은 본능적으로 자신의 몸을 뒤척이고 휘저으며 근육을 움직이려 애쓰는 것이다.

그리 보면 손은 힘든 조건 속에서도 묵묵히 생존해가는 불가사리를 닮았다. 별을 닮은 불가사리는 춥고 외로운 밤을 지키는 별만큼이나 질긴 자생력을 지녔다. 그러기에 불가사리의 생명력은 생명이 살기 힘든 남극이나 북극의 심해에서도 생존한다고 한다. 강한 그것은 몸을 여러 조각으로 잘라도 죽지 않고 살아난다고 하여 '불가사리(不可殺伊)'라 했을까. 나는 문득 힘겨운 삶 속에서도 자신의 최선을 다하는 '손'을 닮아야겠다고 다짐을 한다.

어린 시절 손가락이 길어 재빠르지 못하고 일도 못 했던 나의 손은, 여물은 어머니의 손에 비해 언제나 모자랐다. 병약했던 나는 어머니의 약손이 만든 처방으로도 몸을 추스르기가 힘겨웠다. 사춘기가 되어 건강을 되찾을 때까지 철마다 도는 유행병은 물론, 겨울이면 감기와 기침을 여름이면 배탈을 몸에 달고 살았다. 부실했던 나의 손은 약삭빠르지 못한 것은 물론 쥐여준 것조차 놓쳐버리는, 설익은 땡감같이 삶에 도움이 못 되었다. 어머니는 가늘고 창백한 내 손을 잡고 제발 아프지 말아 달라고 부탁하곤 했다. 아무 보탬도 되지 않고 부담만 주는 손이었지만 어머니에게는 살아 있어 주어 고마운 손이었나 보다.

세상 누구도 금의 가치를 높다고 혹은 낮다고 말할 수 없듯이, 삶을 만들고 있는 누군가의 손도 그 모양 그대로 비교할 수 없는 절대적인 존재인 것 같다. 네발로 기어 다닐 때는 발이 되었다가 더듬어 사물을 분별해 낼 때는 밝은 눈으로 변하는 신비스러운 손, 그 안에는 스쳐간 주마등 같은 삶의 흔적이 그대로 새겨져 있으리라.

시간이 흘러 어느새 나의 손이 작은 둥지의 어미로 변하며 제법 쓸모 있어졌다. 하지만 삶의 나이테는 여린 그것 위에 수많은 세월의 흔적을 새겨 놓았다. 낡은 동아줄처럼 닳고 빛이 바랜 손, 하루에도 몇 번씩이나 인생의 뜨거움과 차가움을 견뎌내며 삶의 마디마다 여물어가야 했던 그것. 생각해 보면 세월과 함께 퇴색되어 간 손에는 삶의 쓰고 달달했던 이야기들이 전설처럼 기록되어 있을 듯싶다.

희미해진 지문과 잔주름이 수없이 잡힌 늙은 나의 손. 높은 산의 바위가 수많은 세월의 풍파를 겪어내며 쓸 만한 돌로 변하듯, 팽팽했던 그것은 지나온 시간만큼이나 긴 시련 속에서 제법 반듯하게 다듬어진 듯싶다. 설익고 팽팽해서 나만을 챙겼던 이기적인 손은 어느덧 세월 속에서 영글어가며, 비우는 것이 채우는 것임을 서서히 알게 되었다. 세상을 다 쥘 것 같던 손이었지만 조금씩 놓음으로써 영혼이 더욱 풍요로워지는 것을 깨닫게 된 것이다.

이제 완벽을 향해 주먹을 움켜쥐기보다는, 이웃에 보탬이 되는 풍성하고도 훈훈한 손이 되었으면 좋겠다. 남의 부족함을 손가락질하고 탓하는 부끄러운 손이 아니라, 영혼에서 우러나오는 넉넉함으로 이웃을 포근히 보듬어줄 수 있는 따뜻한 손이 되고 싶다.

몸이 하는 말

"에이취 에취!"

또 기침이다. 밥을 먹으면서도, 잠을 자다가도 발동이 걸리기만 하면 통제 불능으로 터져 나오는 기침. 한 바탕씩 치르고 나면 목이 깔깔해지고 따끔하게 아프다. 잊을 만하면 활화산같이 터지는 기침은 시간과 공간을 가리지 않고 불쑥불쑥 나타난다.

이 불청객이 어디서 비롯된 것일까. 처음에는 집 안 창과 창틀을 모두 바꾸고 나서 시작된 것이기에, 창틀의 독소가 목을 자극하여 나오는 알레르기 현상인 줄 알았다. 하지만 여러 날이 지나 창틀의 독소가 모두 빠졌다고 생각될 즈음에도, 그것은 사라지기는커녕 더욱 극성을 부렸다. 아니, 오히려 증상은 더욱 심해져서 배가 고파도, 배가 불러도, 추운 날씨로 히터가 켜져도 반대로 꺼져도, 그것은 비열한 숨바꼭질을 하듯 자신의 실체를 드러내며 고통을 치르게 했다. 그러다 내 순간적 감정에까지 자신의 민낯을 드러내기 시작했다. 그것은 기분의 높낮이에 따라 변덕스러운 곡선을 오르내리며 작은 폭탄들을 마구 터뜨렸다. 단순한 알레르기일 것이라는 스스로의 진단을 비웃기라도 하듯, 나의 여린 영혼의 팔목을 세게 비틀어 갔다.

기침이 끊어지지 않자 불안한 마음에 호흡기내과 문을 두드렸다. 심각하게 엑스레이를 찍고 거쳐야 할 검사를 모두 마쳤다. 그런데 결과는 예상과 달리 몸이 큰 문제 없이 깨끗하다는 게 아닌가. 다만 칠 년 전에 생긴 약간의 천식 기가 못된 기침을 유발시킨다는 것이다. 의사는 일시적 기침을 달래줄 작은 알약과 스프레이를 처방해 주었다.

그렇다면 기침은 도대체 왜 생겨나는 것일까. 혹시 가슴속에서 해결되지 못한 삶의 상처들이 응어리져 버겁다고, 때때로 참을 수 없이 억울하다고 세상에 소리 내어 외치는 것은 아닐까. 아니면 몸은 기침으로, 삶을 짊어진 육신의 어깨가 무거웠다고, 올곧은 생을 지키느라 앞만 보고 달리던 눈이 침침해졌다고, 온갖 세상일에 열리던 귀가 더 이상 또렷하지 않다고 자신의 안타까움을 호소하는 것은 아닐까. 그것도 아니라면, 영혼의 지시에 맞춰 온 평생 움직이던 몸이 쉬어 가고 싶다고, 나름대로의 삶의 고달픔을 기침을 통해 넋두리하는지도 모른다. 힘겨운 삶을 한바탕 크게 쏟아내고 나면, 잠시 시원한 쾌감 같은 것이 생길 법도 하다.

그런데 다시 헤아려보니 기침은 삶을 견뎌 나가는 몸이 힘들다고 흘리는 눈물일지도 모르겠다는 생각이 든다. 눈물은 새로운 문으로 들어가는 또 하나의 시작이라고 했던가. 한동안 진하게 울고 나면 가슴에 맺힌 한이 풀릴 수도 있는 것이기에, 그것은 또 다른 삶으로의 출발일 수도 있겠다 싶기도 하다. 눈물을 흘리고 나면 지친 생의 응어리들이 씻겨 내리며 희석되고 가벼워질 수도 있으리라.

이제 잊을 만하면 흐르는 삶의 눈물들을 아침마다 알레르기 약으로 달래고, 목 깊이 스프레이를 뿜으며 토닥여 준다. 한동안 흘릴 눈물들은 고달픈 삶의 상처를 치유해주고 다시 일어설 지팡이 역할을 할 것이기 때문이다.

그런데 어찌 보면 기침은 귀소본능이 강한 철새인지도 모른다. 여름 한 철 어딘가에서 생존해 있다가 날이 차가워지면 존재를 드러내는 철새. 그것이 주변 환경을 정화시키는 이로움을 지녔는가 하면 조류독감이라는 해로움도 지녔듯, 기침이 시작되면 나의 몸은 괴로워지지만, 한편으로는 흐르는 삶 속의 나를 반추하며 지나온 시간을 되돌아보게 된다.

쓸데없는 것에 영혼과 육체를 빼앗기며 그저 바쁘다는 핑계로 중요한 몸을 돌보지 못한 나. 그런가 하면 제한된 시간 속에 존재하는 생명체의 한계성을 미처 깨닫지 못한 미욱함과 물질인 육신이 영원할 것이라는 착각에 휘말렸던 자신이 아닌가.

삶 속에서 게을러지거나 나태해질 때마다 철새처럼 찾아오는 몸의 통증과 불편함은 나의 게으름과 나태를 일깨워주리라. 삶을 경질하는 몸이 때리는 회초리는 형이상학적이지도, 모호하지도 않은, 눈에 보이는 구체적인 현실이다. 그것은 육신이라는 한계와 세월의 유한성을 내게 일깨운다.

몸이 하는 말에 귀를 기울인다. 제한된 시간 속에 삶의 중요성을, 따끔한 채찍질로 깨우쳐 주기 위해 잊을 만하면 찾아오는 기침이 고맙다.

통증

새끼 라쿤이 운다. 달달한 먹이 냄새의 유혹에 녀석은 어미 품을 벗어났나 보다. 기대했던 먹이도 없고 둥지로 가는 길조차 잃게 되자 녀석은 컴컴한 밤하늘을 향해 처절하게 울부짖기 시작했다. 절대적인 존재를 잃은 녀석의 절망적인 울음은 밤공기를 음산한 빛으로 덧칠해 나갔다.

동물과 사랑에 빠진 옆집 아파트 세입자가, 누구도 몰래 야생 라쿤에게 우리 집 지하실 환기창을 열어 준 것은 두 달 전이다. 얼마 후 어미 라쿤은 그곳에서 새끼 다섯 마리를 낳았다. 일 층 세입자 방을 수시로 긁어대며 보채는 라쿤의 존재를 나는 그때까지도 감지하지 못하였다.

어느 날 아래층 세입자가 우연히 알려주었을 때 그것은 내게 커다란 충격으로 다가왔다.

작년 이맘때 야생 라쿤이 같은 곳에서 새끼를 낳은 몇 달 동안 나는 얼마나 힘든 시간을 보냈던가. 어미가 잡히고 새끼 여섯 마리가 하나씩 포획될 때마다 온 동네는 생중계되는 TV 특집 프로그램처럼 침이 마르는 조바심과 불안으로 가슴을 졸였다.

미끼로 야생 동물을 잡는다는 것은 녀석을 냄새와 먹이로 유혹해 덫에 들어오게 하여야 하는 초조함과 서두름을 보이지 않아야 하는 피 말리는 인내의 싸움이었다. 라쿤 사건은 매일 매일의 작고 큰 통증들로 이어지며 여름 내내 나의 영혼이 힘든 눈물을 흐르게 했었다.

그런데 다시 라쿤이 지하실에 들어와 새끼를 생산했다는 사실에 나는 진한 통증을 느껴야 했다. 그것은 아무 옷도 걸치지 않은 나체같이 가식이나 허위를 걸치지 않고 진정성과 정직으로 아픔만을 호소했다. 질통은 보이지 않는 실로 온몸으로 연결되었는지, 끊임없이 작고 큰 굉음으로 내 영혼과 소우주에 진동을 보내왔다. 통증은 삶이 우리의 영혼과 몸의 신경세포를 자극하며 흘러나오는 혼의 울음소리인지도 모른다.

이제 라쿤과의 치열한 싸움이 다시 시작되었다. 몇 개의 덫을 놓은 며칠 후이다. 남쪽 덫에 라쿤 대신 마르고 누런 오포썸이 보란 듯 덫 안에서 여유 있게 소시지를 먹고 있었고, 그 옆 덫에는 말라빠진 야생 고양이가 목을 늘인 채 구조를 기다리고 있었다. 그런가 하면 또 다른 덫에는 생뚱맞게 검은 오포섬이 먹이를 모두 먹어치운 뒤 공포에 눈을 두리번대고 있었다. 어느새 우리 집은 야생 동물원으로 변해가고 있었다.

낳아서 늙고 병들어 죽는 생로병사 일체가 고통이라 하여 인생 자체를 고해(苦海)라 했을까. 몸과 영혼의 신경세포가 감내하는 통증은 파란만장하고 굴곡 많은 인생만큼이나 길고 깊을 듯싶다.

한참이 지난 어느 날, 마침내 지하실의 제일 큰 덫에 문제의 어미 라쿤과 새끼들이 잡힌 채 온갖 괴성을 질러대고 있었다. 녀석들을 보며 나는 다시 깊은 고민의 늪에서 허우적거려야 했다. 살아있는 녀석들을 풀어 줄 먹잇감이 풍족한 산을 찾아야 하기 때문이다. 삶의 통증은 끝이 없어 하나의 매듭이 풀리면 또 다른 하나가 엉키는 것 같다.

단맛과 쓴맛, 통증과 환희 사이의 간격은 얼마나 될까. 큰 눈으로 보면 통증과 쾌락은 한 몸인지도 모른다. 씁쓸하던 블랙커피도 마시다 보면 어느 순간 달콤해지고, 씀바귀의 쌉싸름한 맛도 씹다 보면 달달해지지 않는가. 그것들은 반대편인 듯 마주 보다가 어느 순간 한 몸으로 섞이기 때문이리라.

삶의 통증과 환희도 인생의 씨줄과 날줄처럼 격자로 짜여 있기에, 사람들은 쓴 고난 속에서도 달콤한 희망을 가지고 살아가는지도 모른다.

쓰디쓴 민들레 차 뒤에 달달한 감초 차를 맛보듯, 단맛을 극대화하려면 달콤함에 앞서 쓴맛을 먼저 느껴 봐야 할 듯도 싶다. 뼈를

깎는 분만의 산통을 견뎌내야 귀한 생명을 가슴에 안을 수 있듯, 인생에서도 고뇌의 아픔이 높을수록 그 후에 다가오는 행복과 평안의 최대치가 높아지는 것 같다.

그리 보면 통증이 나쁜 것만은 아니지 않을까. 돌아보면 삶의 통증과 한이 엮어져 만들어진 역대의 걸작품들이 얼마나 많은가. 영혼에 상처를 낸 사랑의 통증은 한이 어린 감성적인 시로, 가슴을 감동을 주는 명작 소설로 역사에 그 자취를 남기지 않았던가. 그런가 하면 혼의 통증은 훌륭한 미술품으로, 다이내믹한 음악으로 예나 지금이나 세상에 아름다운 모습을 드러내어 왔다. 이처럼 영혼의 통증은 삶 속에서 발효 작용을 하는지 인생을 승화하고 순화시켜 오랜 세월 동안 많은 이들의 혼을 치유해 왔다.

통증은 신경세포가 감지한 감각의 하나로, 몸과 영혼의 한 부분이 편치 않다고 울리는 경보 장치이다. 통증의 신호등은 노란불에서 조심해 주의를 기울이고, 빨간불에는 쉬어 가라는 시그널이다. 통증이 없다면 사람들은 무지하게 앞만 보고 달리다 때로는 파멸될지도 모른다. 그래서 삶을 살펴보며 뛰어가지 말고, 가끔 멈추어 쉬었다 가라고 일러주는 것은 아닐까.

헤아려보면 통증의 늪을 건너는 것은 고통스럽지만, 그것은 삶의 지침서이며 인생을 병들지 않게 하는 보호막인 듯도 싶다. 통증을 통해 인생은 발효되고 숙성하여 교만하지 않고 겸허하게 몸을 낮추고, 살아 있음에 감사할 줄 알게 되는 것 같다.

오늘 하루만이라도 영혼을 괴롭히는 삶의 크고 작은 통증에 감사해야 하겠다며 마음을 다진다.

염색

검던 머리가 파뿌리가 되었다. 처음에는 가르마 탄 부분에만 새치가 올라오는 줄 알았다. 그래서 그것을 왼쪽에서 오른쪽으로 옮겼다. 하지만 얼마 지나지 않아 옮긴 자리에 깃털 같은 흰 머리칼이 다시 올라오며 머리는 새치들로 채워져 갔다. 시들어가는 두피 표면에 새롭게 돋아나는 작은 새싹들, 이상한 것은 새싹들이 모두 흰 빛이라는 점이다.

지난 세월을 되돌리고 싶었다. 젊음을 움켜쥔 채 물러서고 싶지 않았다. 하얗게 떨어지는 세월의 서릿발을 피하고 싶었는지도 모른다. 모래시계 속의 모래같이 쉬지 않고 떨어지는 시간을 인정하고 싶지 않았다. 염색으로 포장을 해서라도 흔적 없이 흩어진 시간을 주워 담고 싶었다. 그것은 젊음을 잡으려는 안타까운 몸부림이었지만, 알고 보면 세월을 위장하려는 얄팍한 속임수였는지도 모른다.

손톱에 봉숭아 물을 들일 때마다 그 붉기가 다르듯, 염색할 머리 빛도 계절에 따라 달라져도 좋을 듯싶다. 짙은 여름에는 해바라기 빛으로, 푸른 잎들이 오색 옷을 갈아입는 가을이면 붉은 단풍빛이나 주황색도 괜찮을 것 같다. 계절이 깊어져 고엽이 떨어지면 낙엽 빛으로, 다사다난했던 한 해를 마무리하는 순간이면 세속의 모든 색(色)을 합친 검정으로 물을 들여도 괜찮지 않을까.

머리 빛의 변화는 새로운 인생으로의 일탈 같다. 그것은 사소한 일상에서도 신선한 나비효과를 가져온다. 달라진 머리 색깔로 매일 새롭게 태어나는 느낌이기 때문이다. 머리에 노랑 빛을 얹을 때면 지치지 않는 해바라기의 혼이 영혼에 담기는 듯싶고, 붉은빛이 얹히면 무성한 초록 잎이 여울져 단풍 지듯 마음이 풍요로워지며, 낙엽 빛으로 물들면 바람에 흔들리는 갈대처럼 가슴이 설렌다.

염색한다. 지키지 못한 세월이 주먹 속의 모래처럼 빠져나가려 하자, 그것을 움켜쥐려 과감한 위장을 시작한다. 우선 연갈색 오징어 염색약을 머리칼에 듬뿍 얹는다. 이마 윗부분부터 시작해서 옆 부분으로 이어지다 귀 모서리까지 골고루 바른다. 삿된 것에 오염되지 않으려는 신성한 새치에 억지 옷을 입히는 것은 쉬운 일이 아니다. 흰 머리칼에 밀린 먹물이 얼굴 여기저기에 자신의 짙은 흔적을 남기기 때문이다. 어쩌면 빛바랜 세월을 위조하고 있는 나는, 어느 지구 한 모퉁이에서 작은 범죄를 저지르고 있는지도 모른다.

이제 내 머리는 흠뻑 먹물 염색약에 절어 오징어같이 처지고 늘어졌다. 먹물이 마르면 마른오징어처럼 보송보송해질 듯도 싶다. 머리에 오징어 물이 들자 나는 문득 바다를 헤집고 다니는 오징어가 된 것 같았다. 적의 공격을 받으면 먹물을 마구 쏘아대는 오징어, 나도 세상 바다를 헤쳐나가다 장애를 만나면 짙은 먹물 같은 말들을 마구 쏟아내지 않는가. 그리하면 주변은 순식간에 먹물로 염색되고, 혼탁해진 분위기는 일시적으로 방어되는 순간의 마취효과도 있지 않았을까.

흐느적흐느적 오징어와 나는 푸른 세월 속을 헤엄쳐 나간다. 그놈이 바다를 수영하며 염색 먹물로 먹이를 낚는다면, 나 역시 세상을 헤치고 다니며 달콤하게 염색된 말로 이익을 취하니 오징어와 나는 무엇이 다르단 말인가.

봄이 오자 거리는 온통 봄빛으로 물들었다. 흰색으로 꽃을 물들인 라일락과, 노란빛 염색 모자를 쓴 민들레며, 타오르는 빛으로 온몸을 염색한 부겐빌레아꽃들로 세상은 화사하게 단장됐다. 여름이 지나 가을로 넘어가며 초록 잎은 고혹적인 노란 빛과 붉은 색깔로 염색돼 가고, 계절의 빛 또한 다른 계절의 색으로 물들어 간다.

그런가 하면 하늘은 청잣빛으로, 땅은 흑갈색으로, 자연은 나름의 색깔로 곱게 물들어 있다. 둘러보면 싱그러운 자연은 제각기 본연의 물감으로 온몸을 계절 따라 염색하고 있는지도 모른다.

우리네 인생도 물드는 것으로부터 시작되었을 듯싶다. 처음 태어났을 때 백지상태의 어린아이가, 가정교육과 사회 관습에 서서히 영혼이 염색되어 갔기 때문이다. 어렸을 때는 부모가 원하는 빛으로, 성장해 가면서는 자신만의 고유한 색깔로 혹은 주변에서 절실히 원하는 빛깔로 염색되어 갔을 듯싶다. 그리 보면 세상은 온통 보이는 염색에서 보이지 않는 염색으로 가득 찬 것 같다.

헤아려보면 인생에는 고정된 색이 없다는 생각이 든다. 각기 다른 영혼마다 제각기 다른 인생관이나 가치관으로 염색되어 살아가고 있기 때문이다. 삶은 어떤 색으로도 염색이 가능하며, 우리는 서로의 영혼을 물들이기도 하고, 서로에게 물들기도 한다.

온 세상이 밝고 긍정적으로 물들어 바람직한 세간이 되었으면 좋겠다. 너와 나의 혼이 아름답게 염색되어 본연의 빛으로 물든 자연과 더불어 상생하는 세상이 되었으면 한다.

자칫 퇴폐적이고 부정적으로 염색되기 쉬운 삶이기에, 아무쪼록 나름대로 최고의 선하고 고운 빛으로 하루하루의 인생을 염색하며 살아야 할 것 같다.

4 명상에서 얻은 자유

현재와 미래를 담기 위해 지워져야만 하는 과거.
그것은 마치 교미 후 암컷 거미에게 잡아먹히며 미래를 위해 과거로 사라지는
수컷 닷거미를 닮았다.
어느 순간 손끝을 스쳐갔고 한때 가슴을 설레게 했던 추억들을 지운다는 것은,
한순간의 열정과 기쁘고 아팠던 메일들을
컴퓨터의 스팸 메일같이 삭제하는 것과 무엇이 다를까.
그것은 영혼에 문신처럼 새겨졌던 순간들을 파헤쳐
알 수 없는 세상 저편으로 던져버리는 느낌이다.
삶이란 자신의 역사를 자기만의 고유한 방식으로 한평생 써 내려가는 것은 아닐까.
생은 자신의 삶을 실제 연기를 통해 촬영하여 만든
한 편의 영화일 것도 같다.
–본문 중에서

어떤 불륜

지탄 받을 사랑이다. 가볍게 지나칠 수 없는 끈적끈적한 사랑이다. 녀석의 호기심과 그녀의 바람기가 만든 배신이다. 아니 두 화냥기가 만들어 낸 불장난인지도 모른다.

언제부터인가 우리 집 고양이가 옆집과 우리 집 담장을 오가며 두 집 살림을 시작했다. 따뜻한 곳이면 어디든 들어서는 녀석은 적적한 옆집 과부와 은밀히 눈이 맞은 것 같다. 남편이 고양이 벼룩에 예민한 탓에 집에 들여놓지 못하는 내 처지와는 달리, 녀석에게는 매일 밤 잠자리를 나눌 수 있는 독신 여자가 편했나 보다.

팔 년 전 녀석은 길고양이로 떠돌며 주린 배를 채우려 먹이가 있는 내 집 뒷마당을 떠나지 않았다. 우리 식구들은 잿빛 눈에 화사한 주황빛 털의 녀석을 '오렌지'라 이름 지었다. 녀석은 나의 분신들이 떠나며 만든 영혼의 상처를 감싸고 봉합해주는 따뜻한 붕대 같았다. 나는 놈의 포근한 침대도 마련해 주고 허기를 달랠 먹이도

주며, 우리는 서로의 부족함을 채워가며 한 식구가 되어 갔다.

그런데 어느 날부터인가 며칠이고 놈이 보이지 않았다. 가출을 한 것이다. 나는 바람난 남편을 기다리듯 밤잠을 설치며 녀석을 기다렸다.

한 달이 지났을까, 옆집 여자가 우리 집 문에 메모를 남겼다. 오렌지를 자신의 집에서 여러 날 돌보다 보니 남의 고양이를 훔친 기분이었다고 했다. 이제부터 먹이를 끊으려 하니 내가 먹이만은 해결해 주면 좋겠다는 말이다.

오렌지의 영혼을 훔친 그녀는 황당하게도 녀석의 약점을 이용해 한동안 정을 나누다, 마음이 변하자 녀석을 내치려는 것이다. 눈치 없는 녀석은 낮잠과 밤잠은 물론 하루종일 그곳에서 지내다 먹이 때만 나타나는 것이다. 게다가 먹이를 먹다가도 내 손끝만 닿으면 소스라치게 놀라며 몸을 사리는 게 아닌가. 식어버린 사랑이라 나의 존재는 거추장스럽기만 한가 보다. 어찌 보면 두 집 살림에 이골이 난 놈에게는 어쩌면 당연한 일인지도 모르겠다.

어느 날 두 생명체의 불륜을 지인들에게 호소했다. 배심원이 된 지인들은 길고양이에 집착한 나의 바보 같은 사랑은 아무 권리도 없다며 바람난 녀석이 원하는 대로 옆집 과부에게 놈을 내어주라는 결론이다. 그것은 나의 영혼이 뒤집히는 판결이었다.

가슴 깊은 곳에서 간절하게 외치고 싶었다. “나의 사랑 오렌지,

나는 녀석을 끝없이 연모한다." 어린 왕자의 장미처럼, 녀석은 수많은 인연 중에 내 마음을 오렌지빛 사랑으로 물들인 존재가 아닌가.

문득 불륜을 범한 오렌지와 옆집 과부를 간통죄라는 이름으로 고소라도 하고 싶었다. 하지만 현장을 잡지 못했으니 심증은 있으나 물증이 없다. 게다가 간통죄라는 법조차 없으니 사회적으로 망신을 주고 법적 도움을 받기도 힘들게 되었다.

가슴에서 불같이 일어난 사랑은, 질투라는 뜨거움으로 영혼에 화상을 입히다 끝내는 씁쓸한 상처만을 남기는 것 같다. 사랑이 타오르는 불꽃이라면, 불륜은 주변을 화마로 휩쓸어 버리는 삶의 화재다.

매일 매일 먹이로 유혹하며 얼룩진 애증으로 천당과 지옥을 오가는 내 마음의 실체는 사랑인가 집착인가, 아니면 또 다른 무엇일까. 사랑이란 것은 가없이 주기만 하는 것일까 아니면 받기만 하는 것일까. 작은 고양이 한 마리를 통해 문득 나를 들여다보며 알 수 없이 복잡한 마음의 실체를 더듬는다.

커피에 반하다

상큼한 커피 향이 잠에 취한 아침을 깨운다. 꿈나라에 취했던 영혼을 불러내 밝은 세상으로 걸어 나오게 하는 커피. 가을 낙엽의 타이밍같이, 진한 갈색 음료에는 혼을 각성시키는 타이머가 숨겨져 있나 보다.

매번의 아침마다 또 다른 하루의 새로움이 달여지듯, 아침 녘이면 정성스레 커피를 달인다. 커피 팟에 맑은 영혼 같은 물 한 컵을 붓고, 커피 가루 두 숟갈을 커피 기계에 넣는다. 문득 열려 있는 커피 봉지에서 바닐라 향내가 물씬 스며 나오자, 잠자던 후각이 화들짝 깨어난다.

달리는 기차 소리의 커피 팟에서 뜨겁게 달구어진 물이 원두커피 가루를 통과하면 잠시 후 짙게 우려진 갈색 커피가 반가운 소식처럼 콰르르 쏟아져 나온다. 그것은 차갑기만 한 삶을 자신의 열정과 정성으로 끓인 다음, 환상의 아로마 향이 가득 찬 꿈에 여과시켜, 마침내 노력과 인내의 열매인 커피라는 삶의 꽃을 화사하게 피워내는 것과 같다.

바람결에 살포시 떨어지는 꽃잎처럼, 완성된 커피를 고운 찻잔에 따른다. 가만히 잔을 들어 올려 상큼하게 한 모금을 맛본다. 따뜻한 커피가 혈관을 타고 온몸으로 퍼지자, 나는 차츰 커피나무로 변해간다. 높은 산을 내리쬐는 뜨거운 태양열이 몸에 깃드는지 전신이 따뜻해 오고, 싱그러운 바람결에 이성(理性)이 맑아지는가 하면, 푸른 산 정기가 온몸에 스며들자 영혼까지 청정해진다. 잠시 후 자유로워진 몸과 혼은 시공의 경계를 넓혀가기 시작한다. 깊은 들숨과 날숨은 편안히 이어지고 주변과 나는 하나가 된다. 커피에는 주변과 조화를 이루게 하는 촉매제 감초가 들어 있나 보다. 자유로운 영혼들이 커피를 마시며 가까워지는 것은, 커피에 들은 감초 성분 때문이 아닐까.

자기만의 커피를 마시는 건 자신만의 여유를 갖는 것인지도 모른다. 쉼 없이 공격해 오는 일상의 충격 속에서 여유를 가진다는 것은, 언젠가 터질지도 모르는 쓰나미 같은 삶의 충격을 완화 시켜주는 방편이 될 듯도 싶다. 팽팽해지는 하루의 일과에서 자신만의 이완장치가 될 커피 한 잔의 여유를 누린다는 것은, 시행착오를 통해 삶을 걷는 나 같은 하루살이들에게는 필수일 것 같다.

커피의 갈색은 다색(茶色)이라 하여, 빨강과 검정빛 그리고 노란

색이 합쳐져 만들어진다. 깊은 맛을 품은 커피에는 각각의 색이 지닌 의미가 다분히 내포된 듯싶다.

커피를 마시고 나면 솟아오르는 삶의 열정은 아마도 붉은 빛에서 나오지 않나 하는 생각이 든다. 그런가 하면 검은빛은 우리의 눈을 기쁘게도 하지 않고 감각을 일깨우지도 않지만, 모든 색을 끌어안는 포용력이 있다. 그러기에 어느 무슨 빛도 검은색을 대체할 수는 없다. 그래서일까, 새로운 아침이 떠오르면 커피는 어제의 실수를 덮고 또 다른 시작을 신선하게 수행할 수 있게 만들지 않는가.

원두커피에는 신맛과 단맛이 있는가 하면 짠맛과 쓴맛 그리고 감칠맛과 향기로운 아로마 향까지 숨겨져 있다. 오감을 산뜻하게 자극하며 신선한 충격으로 다가서는 커피, 매혹적인 향으로 후각을, 오묘한 맛으로 미각을 매료시키는가 하면, 예측할 수 없는 삶처럼 불투명하지만, 신비한 빛깔로 시각을 자극한다. 그리고 마침내는 넉넉한 여유로움에서 오는 풍요로운 영혼의 소리까지 듣게 만든다.

커피는 주로 높은 산에서 재배하는데, 그것은 고지대 특유의 일교차를 이용하여 생두의 밀도를 높이고 품질을 향상시키려는 이유에서이다. 삶에서도 마찬가지일 터이다. 어려움을 극복해 낸 사람이라야, 작은 일에 흔들리지 않고 야무지고 단단한 사람으로 거듭나는 이치와 같지 않을까.

헤아려보면 좋은 커피에는 각기 다른 여러 맛이 존재할 뿐 아니라 그 밸런스 역시 잘 맞추어져 있다. 그것은 아름다운 삶의 복합적인 요소가 적절한 조화를 이루며 어울려 서로의 맛을 받쳐주고 살려주는 것과 비슷하다. 아마도 사람들이 좋은 커피에 매료되는 이유는, 커피 맛이 복합적이고도 조화로운 삶의 맛과 닮았기 때문일 것이다.

문득, 가을 낙엽 빛인 커피를 닮은 사람이 되고 싶어진다. 생기 넘치고, 신선하게 톡 쏘는가 하면, 날카롭지만 밝고 풍요로운 멋을 가슴에 품은 사람, 더 나아가 담백하고 은근하지만 감미로운 향기의 삶을 걸어가는 사람의 모습이 더 매력적으로 다가오기 때문이다.

골든 타임

금쪽같은 순간이다. 냉정한 초침과 분침은 한 치의 오차도 없이 수많은 찰나를 넘나들었다. 911구급대가 올 때까지 숨 가쁘게 흘러간 여덟 시간. 강물이 넘쳐 댐이 범람하듯 안타까운 구명 시간이 한계점을 넘어서자 이모의 뇌혈관은 결국 터져 버렸다. 이모는 의료진의 노력에도 불구하고 안타깝게 반신불수가 되었다.

얼마나 부지런한 이모였던가. 만석이나 되던 땅을 빈틈없이 갈무리하던 분이셨다. 꺼져가던 목숨을 겨우 이은 이모는 재활 치료를 시작했다. 한 발짝 내디딜 때마다 근육이 삐걱댔다. 거미줄같이 퍼진 전신의 신경세포에 경련이 일어나면서 쓰나미 같은 통증을 온몸에 퍼뜨리기 시작한다. 게다가 통증을 이겨내지 못한 몸은 식은땀으로 전신을 뒤덮으며 정신을 혼미하게 흔들어댄다. 과거의 골든 타임이 분초를 다툴 만큼 소중하였듯, 질통으로 가득 찬 현재의 골든 타임 역시 절대적이지 않은가.

골든 타임은 생사의 갈림길에 선 환자가 목숨을 구제받을 수 있는 최적의 황금 시간을 뜻한다. 한정된 시간 안에 적절한 의료조치를 받지 않으면 환자는 원상대로 회복하기가 힘들다. 심장마비 때는 4분에서 6분, 뇌졸중 발병환자의 경우 세 시간이다. 이모의 골든 타임은 하늘이 내려준 구원의 황금줄 같이 회생할 수 있는 마지막 기회였다.

상처받기 쉬운 여인의 영혼 같은 아보카도를 보면서 골든 타임은 사람의 목숨에서뿐 아니라 과일에도 존재한다는 생각이 든다. 처음에는 마음을 닫아 온몸을 딱딱히 굳히는가 싶더니, 신선함의 골든 타임이 넘어가자 전신에 반점 같은 멍을 여기저기 남기다 영혼과 육신이 순식간에 무너져 버린다. 아보카도의 골든 타임은 며칠이었다.

그런가 하면 요리하는 데도 골든 타임은 적용되는 듯싶다. 며칠 전 저녁 식사 때였다. 접시 한쪽에 구운 생선을 놓고, 그 옆으로는 빠른 불에 살짝 데친 아삭한 초록빛 로메인 배추를 곁들일 생각이었다. 하지만 잠깐의 열기에도 불구하고, 상추는 시골 외삼촌이 끓이던 칙칙한 소죽같이 몸을 가누지 못한 채 흉측한 우거지로 변해버렸다. 격에 맞지 않은 우거지를 신선한 생선과 함께 먹다 보니, 그것을 조리할 때 팬에서 빨리 꺼내지 못한 것이 후회스러웠다. 눈 깜짝할 사이에 상추의 골든 타임이 흘러갈 줄이야 어찌 알았으랴.

골든 타임은 세상의 모든 일에 몸을 나툰다. 세상 사람들의 패션 감각을 들먹여 최적의 시간에 거리를 유행의 물결로 출렁거리게 하는 패션 디자이너에, 뜨거운 불의 골든 타임에 맞춰 재빠른 몸놀림으로 먹거리를 맛깔난 요리로 탄생시키는 요리사에, 최적의 타이밍에 맞추어 주식을 사거나 팔아 이익을 챙기는 주식 브로커에 자신을 노출하며 그 존재를 과시한다. 그런가 하면 두 영혼이 소통하고 공명하여 서로의 혼에 울림을 주는 달콤한 사랑에서조차도 골든 타임은 신비한 예술을 창조하고 있지 않은가. 보이지 않지만, 세상 모든 것에는 골든 타임이 존재하고 있어, 삶은 그것에 이끌려가고 있다는 생각이 든다.

삶의 가운데에서 중요한 한 박자, 일의 과정에서 결정적인 힘을 들이는 한순간을 '타이밍'이라고 부른다. 어쩌면 타이밍은 골든 타임의 가장 적절한 순간을 의미하는 것인지도 모른다. "인생은 한 방이다."라는 말은 아마도 골든 타임을 순간 포착해 치명적인 한 방으로 일을 성공시킨 경우가 아닐까.

나의 골든 타임은 언제일까. 생각해 보니 현재 바로 이 순간인 것 같다. 내일도, 어제도 아닌, 오늘 지금 이 순간이다. 하지만 눈 깜짝할 찰나에 흘러가 버릴 내 삶의 골든 타임이다. 어쩌면 골든 타임을 어떻게 보내느냐에 따라 나의 삶은 나만의 고유한 빛깔로 채색될 듯싶다. 내가 세상에 존재하기에 칠할 수 있는 나만의 골든 타임. 결코 매 순간의 골든 타임을 무관심으로 찢어버리거나 잔인하게 내팽개쳐 사라지게 하지는 않으리라.

순간이면 사라질 골든 타임을 값지고 보람 되게 채우고 싶다. 내 혼이 매료될 수 있을 만큼 건전하고도 좋아할 만한 일에 빠져 삼매지경의 행복을 누리던가, 아니면 가슴이 뿌듯해질 만큼 보람된 일로 그것을 채우고 싶다.

골든 타임에는 하늘을 훨훨 나는 새이고 싶다. 여축할 먹이와 좀 더 나은 보금자리 같은 삶의 근심을 내려놓고, 생을 힘들게 옭아매던 스트레스조차 벗어던지고, 끝없이 펼쳐진 창공을 시원하게 날고 싶다. 어제의 후회와 내일의 불안에 매이지 않고 오늘은 가슴을 텅 비운 새가 되어 자유로운 비상을 하고 싶다. 왜소한 몸과 여린 날개를 소유한 작은 새조차도 자신에게 주어진 골든 타임의 하루를 풍요롭게 누리고 있지 않은가.

골든 타임은 내가 누릴 수 있는 황금의 순간이다. 뜻깊은 골든 타임들을 이어 놓으면 내 삶은 값진 황금빛으로 반짝일 수 있으리라. 지금 이 순간 내 남은 인생의 골든 타임을 의미 있는 그 무엇으로 채울 각오를 다진다.

청소에 관한 명상

깨끗한 새해를 맞고 싶었다. 세월과 함께 쌓여가는 삶의 흔적들을, 한적한 겨울 바다처럼 조용하고 간결하게 청소하고 싶었다. 지난 한 해는 평범했던 일상의 실타래가 뒤죽박죽 엉키어 어디서부터 잘못된 것인지, 어떻게 정리해야 좋을지 모르는 해였다.

세월의 숫자만큼 늘어가던 나의 소장품들은 언제부터인가 삶의 공간을 점령하는 테러군으로 변해가고 있었다. 삼십 년 동안 한쪽 구석에서 침묵만 지키다 여기저기에 이가 빠져 못쓰게 된 화병, 더 이상 써지지도 않는 낡고 빛바랜 만년필, 아직도 책상 한켠을 지키고 있는 스무 살 먹은 컴퓨터 그리고 묵은 시간 속에 퇴색된 월간지와 신문지들은 변해가는 세월에 밀려 점점 늙어가고 있었다.

우선 방 한쪽에 버릴 물건을 모아둘 자리를 마련하는데 청소의 시작은 버리는 것에서 비롯된다. 계절이 바뀌며 헌 옷을 벗어내는 나무껍질처럼, 다가서는 미래를 위해 뒤처진 과거가 자리를 내주는 것이 청소 아니던가. 현재와 미래를 담기 위해 지워져야만 하는 과거. 그것은 마치 교미 후 암컷 거미에게 잡아먹히며 미래를 위해 과거로 사라지는 수컷 닷거미를 닮았다.

어느 순간 손끝을 스쳐 갔고 한때 가슴을 설레게 했던 추억들을 지운다는 것은, 한순간의 열정과 기쁘고 아팠던 메일들을 컴퓨터의 스팸 메일같이 삭제하는 것과 무엇이 다를까. 그것은 영혼에 문신처럼 새겨졌던 순간들을 파헤쳐 알 수 없는 세상 저편으로 던져 버리는 느낌이다.

삶이란 자신의 역사를 자기만의 고유한 방식으로 한평생 써 내려가는 것은 아닐까. 생은 자신의 삶을 실제 연기를 통해 촬영하여 만든 한 편의 영화일 것도 같다. 그러기에 누구나의 가슴속에는 자신만의 삶의 영화가 한 편씩 담겨있을 듯도 싶다.

그런데 막상 버리려고 보니 절절한 혼이 가득 담긴 삶의 영상을 세월에 낡아 쓸모없어졌다고 그 일부를 자른다는 느낌이 드는 건 왜일까. 가슴 한편에서 불끈 거부감이 솟는다. 순간, 지키려는 의지와 버리려는 마음이 심한 갈등으로 충돌한다. 쓰레기통에 던져 버린 서적들이 아까워지고 안타까워지는 것은 버리고 싶지 않은 마음이 커서일까.

하지만 무엇 하나 놓을 자리 없이 꽉 차 사방이 틀어막힐 것 같은 상황을 실감하자 가슴이 답답해진다. 비운다는 것은 넓고 여유 있는 공간의 무한한 가능성을 내포하고 있지 않은가. 빽빽하게 꽉 찬 공간보다 텅 빈 공백이 만드는 여유로움은 얼마나 아름다운가.

마침내 생각을 바꿔 채워진 공간을 파격적으로 비우기로 마음을 굳혔다. 청소의 의미는 단지 버리는 것만이 아니라, 무겁고 답답하게 쌓였던 영혼의 벽을 헐어 더 큰 공간의 여유를 얻어내는 것도 같다.

우선 방에 찼던 책들을 연도별로 정리해서 볼 만한 것들을 추리자 몇십 권 정도가 되었다. 남은 책들은 모두 도네이션을 위해 커다란 통에 담는다. 세 통을 가득 채우고 보니 그 무게가 엄청났다.

그것이 육중한 것은 길고 긴 세월을 담은 통에 깃든 세월의 무게가 만만치 않기 때문이리라. 게다가 기쁘고 슬픈 온갖 삶의 사연들이 더해졌으니 새털같이 가벼워질 수는 없지 않은가. 과거가 가득 담긴 통들이 밖으로 내쳐지자, 지켜오던 몇십 년의 고달픔이 며칠의 면죄부로 속죄라도 받은 듯, 묵은 체증이 내려가며 창자 끝까지 시원해지는 기분이다. 어찌 보면 청소는 삶의 노폐물을 해소시켜 주는 해우소 같은 것이라고 해도 좋으리라.

청소의 핵심은 쓸모없는 것은 버리고, 꼭 필요한 것만 챙겨 그것이 있어야 할 곳에 배치하는 것이다. 삶에서도 도움이 안 되는 많은 사람보다는 꼭 필요한 인원이 적재적소에서 효율적으로 일하는 것이 도리어 실속있는 경우이지 않을까.

생각해 보면 우리 몸의 배변 활동도 일종의 청소 같다. 먹은 것을 정리해 쓸데없는 것은 몸 밖으로 배설시키고, 중요한 영양소만 몸의 적재적소에서 활용하며 저장시키기 때문이다. 그런가 하면 영혼에 깊은 감명을 주는 아름다운 음악 역시 영혼을 청소해 주는 것 같다. 인생의 잔걱정과 근심을 눈 녹이듯 사르고 삶에 필요한 긍정적인 에너지와 열정으로 채워 주는가 하면, 천상의 아름다움으로 영혼을 연결시켜 주지 않던가. 그런 면에서 청소는 삶의 곳곳에서 쓸모없고 부정적인 것을 비워내고, 생을 아름다움으로 승화시켜 주는, 삶이 만든 또 하나의 예술인지도 모른다.

새해를 맞으며 집 안 청소를 통해, 삶에서도 종종 청소를 시도하는 것이 좋을 듯싶다. 다시 주어진 해를 새롭게 맞기 위해 온갖 사념들을 비워내고, 맑은 영혼으로 참신한 한 해를 열어야 새 세상이 창조될 것이기에. 흘러간 타인의 잘못이나 자신의 아집을 버리고, 아름다움으로 승화할 정수(精髓)만을 챙겨주는 영혼의 청소, 고정관념에 싸인 지난 삶을 내려놓고 새롭게 피어날 수 있는 삶의 여유와 비울 수 있는 융통성을 마련해야겠다.

주변 청소를 통해 세월을 소제하고 영혼을 청소하고 나니, 새해의 모든 가능성이 열리는 듯싶다. 텅 빈 공간에 비워야 채울 수 있는 또 하나의 진리가 조용히 내려앉는다.

주차한다는 것

며칠 동안 집 앞에 같은 차가 주차해 있다. 얼마 전 차를 수리한 뒤 누군가가 그곳에 남겨 두었다. 쓰레기 정크장을 연상시켰던 크고 작은 부속품들. 허름한 라티노는 차 부속을 엉성하게 빼내 사람이 다니는 길에 벌려 놓고 수리를 했었다.

그에게 다가가 고장 난 차를 자신의 차고에서 수리하는 것이 어떻겠냐고 조심스레 물었다. 내가 이렇게 요청했을 때 그가 쏟아낸 눈빛과 말의 온도는 나와 너무나 달랐다. 공공에게 허용된 땅에서 권리를 가진 자신이 무엇을 하든 누가 상관할 것이냐는 거였다. 누구도 자신의 차 수리를 막을 수 없고, 소신대로 당당하게 수리하겠다며 어정쩡한 나에게 오히려 반격을 가한다.

문득 지워졌던 기억 저편에 힘들었던 사건 하나가 되살아난다. 그때도 지금같이 누군가가 집 앞에 자신의 차를 주차한 채 수리하고 있었다. 무심히 바라보는 동안 몇 주가 지났고, 수리가 거의 끝났을 즈음이다. 긴병 끝에 오는 합병증같이 차는 몸에 붙은 장기를 여기저기에서 도난당하며 점점 피폐해지는 것 같았다. 게다가 남모르는 밤에 실하지 못한 몸을 폭행당했는지 사이드미러가 깨지고 앞 유리가 파손되는가 하면, 범퍼가 떨어지고 트렁크가 내려앉았다.

공공에게 허용된 주차 공간이기에, 무심한 시간은 아무 빛깔 없이 그렇게 흘렀다. 설상가상으로 문제의 차에서 화재가 발생하면서 몸 전체가 검게 타버리자 그것은 하루아침에 흉악한 괴물로 변해 버렸다. 경악할 사실은 문제의 차를 책임질 누구도 세상에 존재하지 않는다는 것이다. 신원을 확인할 번호판은 물론 차체의 부속이 모두 실종되어 연고자조차 찾을 수 없이 세상에서 버려진 차. 거꾸로 도는 시곗바늘처럼 무언가가 잘못되어 가고 있음을 느꼈다. 힘겨운 삶을 더 이상 지탱할 수 없어 몸과 영혼이 깊은 수렁에 빠지자, 세상에서조차 버림받은 그것은, 마치 상처 입고 버려진 홈 리스 같았다.

시간을 정지시킨 채, 차는 몇 주간이나 더 집 앞에 주차되어 있었다. 참다못해 어렵게 시에 사정하여 간신히 폐차시키며, 나의 영혼은 차만큼이나 깊고 심한 상처를 입었었다.

주차는 도로에서만 일어나는 것이 아닌가 보다. 요즘은 자연법칙을 따르는 계절에서조차 오류가 범해지는 것 같다. 갈바람이 출렁이어야 할 가을에 펄펄 끓는 여름이 막무가내로 들이밀고 주차를 하여 감당하기 힘든 더위를 몰고 오는가 하면, 지구별 다른 쪽에서는 하늘이 뚫린 듯 걷잡을 수 없는 장맛비를 세상에 뿌리는 것이 아닌가. 가을에 여름을 맞아야 한 나무는 쌉쌀한 가을 낙엽과 여름 갈증을 동시에 품은 채 계절의 실종을 슬퍼할 겨를도 없이, 잘못 주차된 계절로 심한 몸살을 앓고 있다.

그런가 하면 낯선 이의 삶도 나의 생에 허락 없이 주차하며, 평범한 일상을 걱정과 불안으로 휘저어 놓기도 한다. 믿었던 지인이 나의 신용카드를 도용해 현금을 빼내며 힘든 시간을 겪게 했으니…. 좋은 일만 삶에 주차하여 순탄한 인생길을 걷고 싶지만, 생은 수학 공식처럼 경우에 맞게 똑 떨어지는 것이 아닌가 보다. 그러기에 세간에서는 상식에 벗어난 사건들이 자주 스멀스멀 곰팡이처럼 피어나는 것이 아닐까.

어찌 보면 '코로나19'라는 바이러스 균도 인간 세상에 잘못 주차된 것 같다. 녀석의 공격은 세상 영혼들이 격 없이 기대고 숨결을 나누는 친밀함에 거리를 두게 하며 따뜻한 인간 띠를 끊게 만들고 있다. 그것은 서로 손잡고 돕는 세상을 부정하고 의심케 하여 인간을 인간답지 못하게 와해시킨다. 삶에 잘못 주차한 바이러스 균은 인간 세상 도처에서 고난과 파괴의 불을 지피고 있는 것 같다.

생각해 보면 우리네 인생도 지구별 어느 곳인가에 주차해서 살아가는 것일 듯싶다. 나라는 생명체가 세상 어느 모퉁이에 정차하여 무엇을 가슴에 담고 어떻게 꽃 피우나에 따라, 생의 빛깔과 향기는 고유한 무늬로 수놓아지지 않을까.

결혼 전, 내 영혼이 따뜻한 가슴의 아버지와 어머니의 보금자리에 주차할 수 있었던 것은 행운이었다. 지금은 작은 둥지에서 친구 같은 남편과 아름다운 구속의 삶을 나누고 있지만, 생에서 자기 영혼의 냄새와 빛깔에 맞는 곳에 주차할 수 있다는 것은 참으로 의미 있는 일일 듯싶다. 때로는 주차하는 곳 그 자체가 인생이 될 수도 있기 때문이다.

삶의 타이어가 낡고 닳아서 원하는 방향으로 더 이상 갈 수 없거나, 세상 먼지가 시야를 가려 앞이 보이지 않을 때, 나의 가슴은 지친 영혼이 머물다 갈 수 있는 영혼의 주차장이 되었으면 좋겠다. 삶의 갈증을 해갈하며 잠시 주차하여 쉬었다 갈 수 있는 혼의 주차장. 정감 어린 눈길이나 손길이 머무는 따뜻한 마음일 수도, 인간적인 체온이 전달되는 포근한 가슴일 수도 있겠다.

가슴에 허접스레 주차된 크고 작은 사념들을 비워내고, 지치고 상처 입은 혼들이 푸근히 주차하여 머물다 갈 수 있게 넉넉한 여유와 따뜻한 배려심을 마련해 놓아야겠다.

어머니의 워커

세상에 부딪혀 여기저기 생채기가 난 워커가 발코니에 서 있다. 온몸이 세월에 시달려 볼품없어져 버린 워커, 낡은 육신에 크고 작은 멍 자국으로 초라해진 모습이 쓸쓸하다. 그것은 빠르게 달려가는 세상에서 쓸모없이 내쳐진 어머니를 닮았다.

워커는 다리 힘이 약한 사람이 쓰는 보조기구다. 몸의 균형을 잡아주고, 앞에 작은 네 바퀴가 달려있어 걷는 데 도움을 주는 물건이다. 땅만 보고 걷다가 흙을 닮아버린 워커. 큰 산의 바위가 자신을 지우고 지워 빚어낸 흙처럼, 워커는 자신을 드러내지 않고 온몸을 받쳐 묵묵히 맡겨진 소임에 충실했다.

거칠고 고르지 못한 삶의 길을 걸어야만 하는 워커이기에 온몸의 골격을 단단한 금속으로 무장하고, 살아남기 위하여 모진 세상과 마주해야만 했을 듯싶다. 그것은 크고 작은 삶의 몫을 알게 모르게 감당했어야 할 어머니가 바람 잦은 세상과 마주했던 것과 같은 것인지도 모른다.

어머니의 삶이 그렇듯이, 워커는 찌들고 숨 막히는 여름날의 뜨거운 아스팔트를 걸어야 했고, 차갑게 얼어붙어 발을 떼기조차 힘든 험로도 지나야 했다. 어머니가 열여덟 살에 만주로 출가하여 힘들게 육 남매를 생산하고 삶의 갖은 고초를 감내하며 집안을 지켰던 것을 자신의 숙명으로 받아들였듯, 워커 역시 자신의 소임을 운명처럼 받아들였으리라.

생을 짙게 물들인 피의 전쟁 육이오 사변과 일사 후퇴 그리고 부산 피란 시절을 겪어내며, 어머니는 삶이란 지켜내는 사람만이 누릴 수 있는 특권이라는 것을 깨달았을 듯싶다. 당신에게 가해졌던 모진 삶은 워커를 지탱하는 질긴 메탈이 비틀어질 만큼의 큰 시련이었으리라. 네 바퀴가 달려있어 앞으로, 뒤로 혹은 옆으로도 움직일 수 있는 워커처럼, 어머니의 삶 역시 내일을 생각하며 앞으로 뛰어가다 어려움으로 막힐 때는 한 발짝 뒤로 물러섰다, 때로는 옆으로 돌아가기도 하는 삶이었을 듯싶다. 어머니의 삶은 도전과 회유, 인내와 끈기로 이어졌다.

가라앉지만 틔지 않는 어머니의 자줏빛 워커. 자주색은 붉은색의 열정과 푸른색의 지성이 합쳐진 색이라 따뜻하지도 않고 차갑지도 않은 중성색이다. 하지만 화사한 와인 빛이기도 한 그것은 따뜻함의 상징이었다. 어머니가 자줏빛 워커를 선택한 이유는 좀 더 따스한 사랑을 자신의 삶에 담고 싶어서였지 않을까. 각박하고 거친 세상을 온화한 사랑으로 품고 싶었기 때문이었는지도 모른다. 그러기에 동분서주한 와중에도 어머니의 가슴에는 언제나 자식들이 잠시 쉬다 갈 수 있는 워커의 안장같이 따뜻한 보금자리가 간직되어 있었나 보다.

마침내 어머니는 이승의 마침표를 찍고 또 다른 생을 향해 떠나셨다. 삶과 죽음 사이에서 요란한 급행열차를 몰고 가듯 숨을 거칠게 내뿜다 네 번의 긴 호흡을 마지막으로 이승에서의 숨을 멈추었다.

응급실에서 집으로, 다시 양로원으로 옮겨지며 쉬지 않고 물만 찾던 어머니. 죽음의 문턱까지 물을 애걸하며 끊어지려는 이승의 인연과 새로운 세계의 연을, 강물이 바다로 이어지듯 흐르는 물로 연결하려 하셨나 보다.

삶이란 무엇일까? 죽음의 반대 방향에서 희망의 싹을 틔우고 열정이라는 이름으로 욕망의 꽃을 피워가는 것은 아닐까. 생각해 보면 생명체는 하루하루의 생을 온 힘을 다해 살아가지만, 아이러니하게도 그것은 죽음을 향해 매 순간을 달려가고 있는 것 같다.

이제 어머니의 죽음과 함께 가슴의 진한 애증을 모두 내려놓은 채 자신의 삶을 반추하고 있는 워커. 그것은 제 소임을 모두 끝내고 쓰나미같이 몰려오는 추억들을 끊어낸 채 발코니에서 긴 휴식에 들었다. 어쩌면 워커는 머무름과 움직임을 동시에 품은 자신처럼 삶과 죽음 역시 한 몸이라는 것을 깨우쳐, 어머니의 죽음이 내 가슴속에서 어머니를 다시 살아나게 했다고 역설하고 있는지도 모른다. 아니면 그것은 어머니와 평생 시름과 번뇌를 나누었지만, 함께 지낸 한순간의 삶도, 세월 어디에 새겨 놓을 수 없다는 무상함을 말하고 있는지도 모른다.

돌아보면 삶을 동고동락하던 워커는 자식들이 감당하기 어려운 어머니의 무게와 외로움을 살갑게 보듬어주었다. 노쇠하고 지친 어머니의 영혼이 주저앉을 때마다 자신의 작은 몸으로 따뜻한 보금자리를 대신했지만, 자식들처럼 자신의 속내를 소리 내어 드러내지 않았다. 어머니의 무게 때문에 같이 걷는 것이 부담되어 힘들다고, 시도 때도 없이 불러내 숨이 막힐 것 같다며 불평하지 않았다. 어쩌면 워커는 어머니의 마비되고 굳어진 삶을 보듬고 품어주며 새로운 수족으로 태어났는지도 모른다.

키 작고 볼품없이 늙은 탓에 세상에서 밀려난 어머니를 닮은 보잘것없는 워커. 워커를 보는 순간 어머니의 얼굴이 오버랩 되며 갑자기 그것은 주름진 어머니로 변했다.

"어머니, 모진 고생 끝에 저를 낳아 정성을 다해 길러주신 은혜에 성심을 다해 감사드립니다. 저의 모자람과 이기심으로 평소 제가 당신을 아프게 했던 말과 행동을 머리 숙여 사과드립니다. 어머니, 진정으로 당신을 사랑합니다."

안타까운 나의 참회는 허공에서 맴돌고 바보 같은 가슴에서는 눈물이 멈추지 않는다. 워커 역시 오늘따라 어머니와 이어졌던 탯줄이 끊겨서인지, 허전함을 감춘 채 침묵하고 있는 것 같다. 한쪽 얼굴은 곱고 아름답지만, 다른 한편은 슬프고 애절한 것이 인연이라 했던가. 세상에서 소외되고 세월에 지쳐 보잘것없이 남루해진 워커는, 어쩌면 어머니 자신이 아니었을까.

명상에서 얻은 자유

주위가 고요하다. 가부좌를 틀고 앉아 조용히 눈을 감는다. 맑을 것 같은 영혼은 세상의 미세먼지에 오염되었는지 선명하지가 않다.

시간이 지나자 혼의 탁한 기운들이 서서히 가라앉는 것 같다. 하지만 내 영혼은 썰물 끝에 남은 갯벌처럼, 세상에서 내쳐진 듯 초라해진 느낌이다. 어쩌면 그것은 시끄러운 세상 물결이 빠지며 자연스레 드러나는 나의 실체인지도 모른다. 아니, 성황리에 막을 내린 공연의 끝머리처럼 모두가 사라지고 화려했던 세상의 소리조차 자취를 감추며 생기는 적막 속의 고독일 것도 같다.

차츰 시간이 흐르면서 깊은 단전의 동굴에서부터 뿜어지는 들숨과 날숨으로 온몸이 편안해지자, 맑은 영혼에서는 새로운 세계가 신비롭게 전개된다. 어깨에 얹힌 책임과 의무, 온갖 세상 시름들이 허공 속으로 사라지면서 무한한 시공 속에 나만의 세상이 펼쳐진다.

한편으로 헤아려보니 명상은 허공을 닮아가는 것인지도 모른다. 무한히 넓고 커서 무엇에도 걸림이 없는 허공. 명상을 통해 영혼을 허공같이 커다랗게 만들면, 삶에 걸리거나 막히지 않아 상처를 입고 고통을 당하지 않을 듯도 싶다. 허공은 허허로워서 결코 다치거나 상처를 입지 않기 때문이다.

그런가 하면 허공에는 그 어떠한 것도 새겨 넣을 수가 없다. 삶에서처럼 내 것과 네 것에 금을 그어 표시할 수 없을 뿐 아니라, 너와 나의 잘못도 새겨 넣지 못한다. 그러고 보면 명상은 영혼을 허허로운 허공으로 만들어가는 과정이라는 생각이 든다.

생각해 보면 삶도 허공을 닮아서인지 내 것이라는 집착이나 아집이 불가능할 듯싶다. 거대한 우주 속 작은 점에 불과한 지구 한 모퉁이에서 무엇을 얼마나 오랫동안 소유할 수 있을까. 우주의 큰 눈으로 살피면, 삶은 죽을힘을 다해 허공같이 비워진 곳을 향해 달려가는 것일 듯도 하다. 사람들은 신기루 같고 허공 같은 삶을 움켜쥐려 애쓰지만, 떠날 때는 누구도 그 무엇도 손에 넣어 갈 수 없지 않은가. 명상은 우리를 좀 더 진실에 가까워지게 만드는 것도 같다.

하지만 반대의 눈으로 보면 아이러니하게도 허공은 모든 것을 포함하고 있다. 허공을 닮은 내 영혼도 나의 모두를 내포하고 있지 않은가. 내 마음속에는 극과 극을 이루는 선과 악이 존재하고, 천국과 지옥이 공존하고 있기 때문이다. 그래서인가 나는 하루에도 몇 번이나 지옥과 천국을 오가지 않는가.

생각해 보면 허허로운 명상도 삼라만상 모두를 내포하고 있는 것 같다. 그곳에서는 온갖 파노라믹한 영혼의 세계가 변화무쌍하게 전개되기 때문이다. 혼이 열리고 자신만의 세계가 무한대로 펼쳐지면 그것은 유한과 무한의 세계를 경계 없이 넘나든다. 산이 되었다 물이 되고, 바다로 변했나 하면 하늘로 승천해 구름이 되었다 마침내는 지구를 휘돌아 광대한 우주로 변한다. 온갖 세상이 생겨났다 소멸되며, 무한한 영겁이 찰나로 돌변하는 명상의 세계. 작은 지구의 한구석에서 나는 모든 의식의 시작과 끝을 명상으로 창조하고 멸진시키고 있는 까닭이리라.

영혼이 밝은 빛으로 가득 찬 명상이 이어지면, 혼은 싸한 민트향을 주입시킨 듯 투명하게 맑아진다. 반복되는 단전호흡으로 가슴이 청량한 기운으로 가득 차면, 혼은 얼음이 녹아 물로 변하듯 부드러워지다 우주와 하나를 이루며 무한대로 커지는가 싶더니 불현듯 한없이 풍요롭고 넉넉해진다.

우리 인생은 부모가 지어준 몸을 빌려 쓰며 잠시 세상에 머물다 떠나가는 나그네이다. 헤아려보면 삶도 세상도 잠깐 빌려 쓰다 자연의 본체로 돌아가는 것이 아닌가.

문득 뒷마당으로 눈을 돌리자 장미와 부겐빌레아가 명상에 잠긴 듯 온몸에 정(靜)을 이루며 침묵하고 있다. 세상이 구별해 놓은 잘

난 꽃도 못난 꽃도 차별 없이 명상에 빠져 있다. 그것들은 깊은 명상을 통해 예쁘고 밉다는 형상의 분별조차 무너진 것 같다. 돌아보면 세상이 만든 잘나고 못났다는 분별 때문에, 불쌍한 영혼들은 얼마나 세간의 덫에 걸려 상처를 입고 피를 흘렸을까. 명상을 통한 자연의 눈으로 보면 원래 분별이 없는 것을, 사람들은 나누고 구별하며 세상의 온갖 번뇌를 만들어내는 것 같다.

명상은 들숨과 날숨을 자연의 호흡과 맞추며 그것과 하나를 이루어 자연인으로 거듭나게 만든다. 명상을 통해 자연과 하나가 된 영혼은 어느 생명체와도 소통이 가능해질 듯싶다. 시공을 잊은 혼이 명상을 통해 우주를 윤회하며 찰나와 겁을 오가는 동안, 하염없는 평온함은 온몸 세포에 넘치는 희열로 퍼져나간다.

생각해 보면 명상은 자신의 삶을 어느 정도의 거리에서 관조할 수 있게 만들어, 생의 진한 통증까지도 슬기롭게 끌어안고 감당할 수 있게 만드는 것 같다. 삶의 질통을 명상으로 승화시키고, 자기 분수에 만족할 수 있다면 우리는 가진 것이 넉넉지 않아도 행복해질 수 있을 것 같다.

자신을 내려놓고 명상에 들면 영혼은 가장 낮은 곳에서 세상을 보게 된다. 살아 있음에 고마움을 느끼고, 하루를 지낼 수 있는 식량을 가진 것에 감사하며, 자신을 세상에 존재할 수 있게 해준 모든 것에 고마움을 느끼게 된다.

숨을 쉴 수 있는 생명이 있고 무한한 자유와 편안함을 느낄 수 있는 감성이 있다는 것은 얼마나 큰 축복일까. 살아 있음에, 오감의 온갖 빛으로 삶의 수채화를 그릴 수 있기에 인생은 아름답고, 그 순간 천국을 맛볼 수 있는 것 같다. 천국은 먼 하늘에 있는 것이 아니라 기쁨이 피어나는 순간마다 영혼 속에서 피어나는 것이 아닐까.

산보

가벼운 옷차림으로 집을 나선다. 안에만 머물던 눈을 잠시 바깥 세상으로 돌리려는 것이다. 우리 눈이 두 개인 이유는 하나는 자신의 내부를 성찰하고, 다른 하나는 세상을 내다보라는 뜻이라고 했던가. 산보는 잠시 집을 떠나는, 불가의 출가(出家) 같은 것인지도 모른다.

해가 떨어질 무렵이면 매일 한 번씩 하는 출가, 번뇌에 얽매인 세속 인연을 버리고 마음을 비우는 수행 길에 오른다. 어깨를 누르던 현실을 벗어던지고 마음의 번뇌를 삭발한 뒤 자유로운 수도 길을 나선다.

거리는 온몸을 도는 피처럼, 그 흐름을 멈추지 않고 순환하고 있었다. 바람이 거리에서 싸한 어깨춤을 추는 동안, 태양은 고흐의 혼처럼 하늘에 뱅글뱅글 노란 원을 그려댄다. 그런가 하면 한쪽 담 밑에 분홍 아잘리아는 나른한 기지개를 켜고 있었다.

산책하다 보면 삶의 길을 걷는 것 같다는 생각이 든다. 생의 한 가운데서 넉넉하고 푸근한 사람을 해후하듯 넓고 편안한 저택을 마주하는가 하면, 삶의 모퉁이에서 답답하고 옹색한 이를 만나듯 좁고 초라한 집을 만나기도 한다. 그런가 하면 바깥세상과 담을 쌓은 사람처럼 굳게 닫힌 집을 보기도 하고, 가슴이 열린 사람처럼 환한 불빛 아래 활짝 열린 집을 발견하기도 한다. 나는 시계 속의 초침 같은 걸음으로, 세상 사람들을 스쳐 가듯 여러 집을 지나간다.

집을 사람의 풍채라 한다면, 그 내면을 사람마다 영혼과 캐릭터라고 하면 어떨까. 그리 보면 나는 산보를 통해 매일 각기 다른 영혼을 만났다 헤어지고 다시 조우하는 것이다.

사시나무가 반짝이는 길모퉁이를 돌자, 날 선 바람이 예리하게 가슴을 찌른다. 초가을 바람에는 혼미한 영혼을 때려 자신을 돌아보게 하는 회초리가 숨겨져 있는 것 같다. 그것은 유한한 인생을 되새겨 사유케 하며, 삶을 돌아보고 성찰하게 만든다.

바람처럼 삶도 가난한 영혼과 부유한 영혼이 한꺼번에 합쳐졌다 풍성하게 나누어지면 어떨까. 가슴속의 크고 작은 번뇌들도 바람처럼 뭉쳤다 흩어지면서 새털같이 가벼워지면 어떠할까. 그리하여 삶의 짐을 힘들게 진 사람들이 손에 손을 잡고 하나의 바람이 되어 싱그럽게 삶을 흐르면 얼마나 좋을까.

산책길은 인생의 여로처럼 그 생김새가 각양각색이다. 예측 못한 장애로 넘어질 뻔한 인생길마냥, 나무뿌리가 갑자기 솟아 발을 다칠 뻔한 보도가 있는가 하면, 평화로운 인생길같이 평탄히 열린 길도 있다. 그런가 하면 외로운 삶처럼 거리의 불빛조차 켜놓지 않은 어둡고 적적한 도로가 있는가 하면, 축복받은 인생처럼 온 거리가 축제라도 벌이듯 주황빛 가로등이 운치 있게 줄지은 거리도 있다. 어찌 보면 인생은 한평생 삶을 걷다 그것이 끝나면 본래의 곳으로 돌아가는 한바탕 산보일 것도 같다.

한동안 산보를 하다 거친 길과 편안한 길을 분별심 없이 무심히 걷고 있는 자신을 알아냈다. 아마도 어느새 나는 거리의 불이문을 통과했나 보다. 불가에서 불이(不二)란 둘이 아닌 경계 아닌가. 나와 네가 둘이 아니요, 부처와 중생이, 번뇌와 보리가, 만남과 이별의 근원이 각기 둘이 아닌 하나라 하지 않았던가.

거친 산책길과 평탄한 산보 길의 근본이 하나이듯, 인생길도 험하든 평탄하든 그 근원이 다르지 않을 듯싶다. 거칠든 평안하든 하나같이 소중한 삶. 그러기에 한바탕의 산책길인 인생살이도, 나름대로의 자부심을 가지고 매 순간을 행복으로 채웠으면 한다.

영혼의 이별식

그저께 지인의 장례식에 다녀왔다. 요동치는 세상 뗏목에 정신없이 떠밀려가는 요즈음이어선지 다수의 지인이 세상을 떠나간다. 모든 죽음 앞에서 느끼는 감정이야 비슷하겠지만, 평소 절친하게 지내던 사이였으니 새삼 진한 허망함이 밀려온다.

생각해 보면 한 삶이 세상에 태어난 것을 축하해 주는 것만큼 중요한 것이 인생을 마무리하는 장례식 같다. 소풍 같은 삶을 마감하고 마지막 떠나는 영혼의 이별식에서 고인의 생을 위로하고 명복을 비는 것은 오래전부터 중요한 의식의 하나로 여겨왔다. 세상에 여러 형태의 영결식이 있겠지만 야노마미족의 영결식은 참으로 특이하다. 그들은 떠나간 이의 장례식에서 고인의 몸 일부를 먹으며 사랑하는 사람과 하나가 되기를 원하였고, 죽은 자의 영혼이 자신의 가슴에 영원히 살아있을 것이라고 믿었다. 아마도 죽음과 삶이 끊어지지 않고 언제나 이어져 있기를 바랐던 것 같다.

이상한 일은 내가 참석한 영혼의 이별식마다 내 혼의 날개가 각기 다른 빛으로 채색된다는 것이다. 어느 곳에서는 삶과의 결별 때문인지 영결식이 베일에 가려져 한없이 슬프게만 느껴지는가 하면, 다른 곳에서는 남 보기엔 화려한 듯 보이지만 고인이 추구했던 한 평생의 흔적을 어루만지고 그 얼을 추모하는 알맹이가 빠진 듯한 장례식에 당황도 한다.

소박했던 사람의 죽음과 세상 명성이 화려했던 이의 죽음의 차이는 무엇일까. 생명체 하나가 이승을 떠나는 것은 같지만, 이승의 마지막 장례식은 판이하다. 죽음에도 계급이 있는지, 세상의 명성만 좇던 사람의 죽음에는 화려한 화환이 줄을 잇고 천국의 향연이라도 열리는 듯 축복과 영광으로 북적이는 데 반해, 소박하지만 의미 있는 삶을 소유했던 가난하고 초라한 민초들의 죽음은 썰렁하다 못해 씁쓸하기까지 하다. 세상의 명예와 권세는 죽음에서까지도 공평치 않게 차별을 짓고 있는 듯싶다.

언제인가부터 내 몸 안에서는 죽음이 삶이고 삶이 곧 죽음이었다. 나도 모르는 사이 몸 안의 세포들이 일정한 주기로 죽음과 탄생이 반복되고 있기 때문이다. 내 작은 우주가 존재하는 한, 육신에서는 죽음과 삶이 매 순간 교차하고 있었으니, 나라는 생명체는 죽음과 삶을 동시에 품고 살고 있는 것이리라.

그런가 하면 내 머릿속 생각들도 한순간에 태어났다 한순간에 사라진다. 하지만 나는 한 생각이 생겨날 때마다 그것의 탄생을 축복하지도 않았고, 사라질 때마다 장례식을 치르지도 않았다. 내 영혼과 육신은 순간순간 죽어갔고 또 찰나에 살아났기 때문이다. 이렇게 언제나 죽음을 한편에 달고 사는 생명체인 까닭에, 생각해 보면 장례식이 굳이 요란스러울 필요는 없을 듯도 싶다.

옛 송나라 '후청록(侯鯖錄)'에서는 인생을 일장춘몽(一場春夢), 곧 한바탕의 봄 꿈이라고 했다. "인생을 헤아리니 한바탕 꿈이로다. 좋은 일 궂은일 한바탕 꿈이로다. 꿈속에 꿈을 헤니 이 아니 가소로운가. 어즈버 인생의 일장춘몽을 언제 깨려 하느뇨."

글귀에서는 인생의 모든 부귀영화 자체가 꿈처럼 덧없이 사라지는 것임을 얘기하고 있다. 하지만 일부 사람들은 생명체의 죽음이라는 자연의 실상조차도 순리대로 받아들이지 못하는지, 장례식을 통해 왜곡되고 세속적인 허상으로 자신의 신분을 과시하려는 것 같다. 세상 모두를 벗어놓은 죽음 앞에, 꿈속에서 엮은 거미줄 같은 세상의 명예와 부 따위가 무슨 소용이란 말인가?

영혼의 장례식은 이승과의 아름다운 작별의식이다. 순수한 영혼과의 아쉬운 이별은 슬프지만 진솔하게 하는 것이 고인을 보내며 마지막으로 할 수 있는 남은 사람의 예의 같다. 영혼의 이별식에서는 고인의 삶의 발자취를 사려 깊게 되새겨 보며 그가 추구했던 인생의 의미를 가슴 깊이 헤아려보는 것도 바람직할 듯싶다.

훗날 내가 생을 마감하면 아주 소박하고 조촐한 장례식을 치렀으면 좋겠다. 삶이란 한껏 피고 싶은 만큼 피었다 이슬처럼 사라지는 이름 없는 들꽃이지 않은가. 흙에서 태어나 흙으로 돌아가는 생명체의 숙명인 자연의 순리에 따라 들꽃같이 소박하고 진실한 죽음을 맞고 싶다.

평소 즐기던 음악을 장례식에 참석한 지인들과 감상하며, 영혼의 이별식 하루만이라도 숙명적으로 낙엽이 된 나와의 결별을 슬퍼해 줄 몇 명의 진실한 가슴만 있다면 떠나는 길이 절대로 외롭지만은 않으리라. 화려한 절차보다는 내가 걸었던 삶의 발자취를 더듬고, 한순간 아름다웠던 내 얼과 향기에 취해줄 수 있다면 나를 향한 따뜻한 추모가 될 듯싶다. 살아있는 사람이 할 수 있는 것은, 이승을 떠나는 나를 있던 그대로 인정해주고 따뜻이 보듬어주는 것뿐이리라. 그것만으로도 나를 향한 애틋한 사랑의 증표가 되기에 충분하다.

벨벳 거미는 죽음으로 삶을 창조시킨다. 알에서 새끼가 깨어나면, 어미는 자기 몸의 반을 먹이로 제공하고, 그러고서도 새끼의 먹이가 모자라면 남은 자신을 모두 녹여 먹이로 내어준다. 자신을 통째 던져 새 삶을 탄생시키는 어미. 어쩌면 지인의 죽음을 통해 나의 영혼도 삶의 끝자락에서 본 죽음은 무엇인지, 죽음을 통해 바라본 나의 삶은 어떠해야 할지를 사유하며 새롭게 태어나야 할까 보다.

죽음과 삶은 동전의 양면처럼 떼려야 뗄 수 없는 불가분의 관계가 아닌가. 지인과의 영혼의 이별식을 치르면서, 내가 아직도 숨쉬고 있음에 감사하고 매 순간 밝고 향기로운 영혼으로 깨어나 삶에 최선을 다하여야 할 듯싶다.

세상은 빛이다

앞마당에는 크리스마스 장식이 한창이다. 루돌프 사슴 코가 빨갛게 타오르는가 하면 반짝이는 산타 썰매가 달리기 시작한다. 출렁이는 푸른 야자나무 사이로 빨갛고 파란 별들이 춤을 추는가 하면 푸른 잔디밭에서는 은빛 사슴이 한가히 풀을 뜯고, 하늘에는 금빛 천사가 세상의 평화와 하늘의 영광을 외친다. 성탄절은 차가운 겨울을 따뜻하게 감싸 안아 가슴을 훈훈하게 덥혀준다.

거리를 나서면 온통 쏟아지는 빛의 연회다. 짧은 겨울 해의 꼬리가 자취를 감추자, 세상은 화려한 불빛으로 열린다. 플러스 전류와 마이너스 전류가 손을 잡고 만드는 빛의 향연. 플러스와 마이너스가 합치면 숫자 제로가 나와야 하는데, 불빛은 어두운 밤을 캔버스 삼아 형형색색의 그림을 쉬지 않고 그려나간다.

집집마다의 크리스마스 장식은 현란한 빛들로 온 동네를 황홀하게 한다. 서로 다른 빛들은 손에 손을 잡고 흥겨운 춤을 추기도 하고, 소리 합쳐 떼창을 부르기도 한다. 소리의 파동이 흥겹게 춤을 추며 음악을 연주하듯, 크리스마스 장식들도 황홀한 빛으로 온 힘을 다해 성탄의 기쁨을 연주하고 있다. 고혹적인 붉은 빛에, 차고 화려한 파란빛으로 현란하게 음반을 오르내리며 영혼을 매료시키는 빛들, 환상적인 빛을 통해 매혹적인 연주를 들을 수 있으니 니르바나로 통하는 길은 시각, 청각 어느 쪽으로도 가능한가 보다.

누구나의 가슴속에는 작은 별이 살고 있는 것 같다. 생명이 잉태되며 생긴 조그만 별빛은, 살아있는 내내 반짝이다, 지구별을 떠나며 그 빛은 사라지는 것 같다. 어쩌면 우리의 영혼에는 빛으로 가득 찬 별이 살고 있기에, 화사한 빛을 마주하게 되면 이유 없이 설레고 감동 받으며 끝내는 그것을 통하여 영혼이 순화하고 정화되는지도 모른다.

언뜻 밖을 내다보니 건너편 집, 다리를 절룩이는 초록 사슴 옆에 선 루돌프 사슴 코에서 콧물이 흐른다. 지붕에서 하얀 고드름이 빨간 열매 위로 떨어지며 나뭇가지로 흐르는가 싶더니 후루룩 루돌프 코로 떨어졌나 보다. 어느새 12월의 하루는 처마 밑 고드름처럼 조금씩 떨어지며 흐르고, 둥지를 장식한 불빛 마다에는 성탄의 축복과 감사의 빛들이 줄을 잇는다.

성탄절을 맞은 12월은 축복의 달이다. 온 세상이 화사한 빛으로 가득 채워지기 때문이다. 그것은 우리의 영혼도 밝은 빛으로 거듭나 어두운 세상을 밝히라는 의미일 듯도 싶다. 예수님이 어두운 세상에 한 줄기 빛으로 탄생하셨듯이, 크리스마스를 맞은 우리의 영혼도 밝게 거듭나야 하지 않을까.

시작이자 마지막이며 모든 생명의 근원인 빛. 빛은 어둠에 싸여 있어도 다른 빛에 동화되어 자신의 청명한 기운을 잃지 않으며, 언제나 바르고 정직하다. 자신을 부풀려 포장하지도 않고 옆에 있는 빛에 시샘과 질투를 하지 않으며, 삿된 것에 휩쓸리지도 않을 뿐 아니라 자신의 존재만큼만 세상을 밝힌다.

바라건대, 마음마다에서 반짝이는 모든 별빛도 따뜻한 사랑의 빛으로 승화되었으면 좋겠다. 빨간 불빛에 파랑과 노랑이 더해지며 한층 더 아름다운 하모니를 이루듯, 마음의 빛들도 합쳐져 더 큰 사랑으로 거듭나 어둡고 외진 곳을 비추었으면 좋겠다. 그것은 온아한 가슴에서 생겨나 얼어붙은 세상을 포근하게 보듬어줄 사랑 아니겠는가. 쓸쓸하고 소외된 곳을 따뜻하게 덥혀주는 빛이 되어, 성탄의 의미를 다시 한번 되새기는 참된 크리스마스가 되었으면 하고 소망한다.

몸 연꽃 피우기

Body lotus bloom